HISTOIRES À LIRE

Magali Blanchard

HISTOIRES À LIRE

Huit nouvelles

FRANCE LOISIRS
123, boulevard de Grenelle, Paris

© France Loisirs, 1994, pour la présente édition.
© *Le Passager clandestin,* édition originale américaine Stowaway, 1958 by Mary Higgins Clark et Éditions Albin Michel S.A. pour la traduction française.
© *Lili ou les thés dansants,* Éditions Ramsay, 1988 et Librairie Arthème Fayard, 1993.
© *Sacrée Barbara*, Éditions de l'Amitié – G.T. Rageot, 1986 et Maurice Denuzière, 1991.
© *Le Faux*, Éditions Gallimard, 1962.
© *La Vraie Professionnelle ou l'Épouse,* Éditions Julliard pour la traduction française, 1976.
© *Les Rêves des autres,* Éditions du Seuil, 1993.
© *La Pastorale,* Éditions Jean-Claude Lattès pour la traduction française, 1980.
© *Le Beau Travail,* Éditions Gallimard, 1992.

ISBN : 2-7242-7907-7.

Préface

de

JEAN-LOUIS BERGER-BORDES

En vous faisant découvrir une face « nouvelle » de huit grands auteurs contemporains, France Loisirs vous invite à goûter aux saveurs contrastées de quelques fortes émotions.

L'univers d'épouvante champêtre où nous plonge Stephen King est moins « terrifiant » que la paisible perversité de l'épouse dévouée de Patricia Highsmith, le cynisme candide des héros de Félicien Marceau, la soif désespérée d'authenticité de l'amateur d'art de Romain Gary, ou même le monde clos et cru de passions filantes, dépeint avec tendresse par Régine Deforges.

Le suspense, classique et efficace chez Mary Higgins Clark, peut aussi se conjuguer avec la poésie fantastique de Maurice Denuzière, ou le dérèglement du quotidien saisi par John Irving.

Quelques pages, souvent pimentées d'humour, suffisent en tout cas à chacun de ces orfèvres en l'art subtil de la nouvelle pour nous faire vivre d'autant plus intensément leurs récits, que tous sacrifient au rituel de la « chute », surprenante, brutale, cinglante ou ironique.

Genre littéraire exigeant, par sa brièveté même, pertinence du détail, rigueur de la composition, dépouillement de toute substance verbale inutile, jouissant ainsi, selon Charles Baudelaire, des « bénéfices éternels de la contrainte », la nouvelle est aujourd'hui en pleine renaissance. Sans doute parce qu'elle est en parfaite adéquation avec l'accélération de nos rythmes de vie et les temps de lecture que l'on peut s'octroyer chaque jour.

Et ce n'est pas pur hasard si se côtoient, dans ce bref florilège, écrivains français et américains. Les plus grands auteurs français se sont, depuis ses origines, illustrés dans la nouvelle ; tandis que c'est sans doute aux États-Unis que le genre est aujourd'hui le plus vivace.

C'est la novella *italienne* (dont le Décaméron de Boccace est le prototype) qui va sans doute donner naissance, au xve siècle, à la nouvelle française, en se conjuguant à la tradition du fabliau du Moyen Âge : Les Cent Nouvelles nouvelles sont généralement considérées comme le texte fondateur du genre. Ce qui prend forme, c'est l'idée d'un texte court, conté avec talent, et surtout bien enlevé.

Au siècle classique suivant, la nouvelle s'allonge toutefois, développant intrigues et sous-intrigues, perdant ainsi de sa personnalité littéraire (La Princesse de Clèves, de Mme de

La Fayette, était en son temps, 1678, considérée comme une nouvelle).

À partir de la fin du xviiie siècle, la nouvelle retrouve la forme qui nous est familière, son aspect d'anecdote, qui par sa brièveté resserre le sujet, entraînant un dépouillement de l'intrigue et une rapidité plus grande dans le déroulement de l'action ; tandis que des registres comme le fantastique et l'érotique vont choisir la nouvelle pour mieux s'exprimer.

Et c'est bientôt, au xixe siècle, l'âge d'or de la nouvelle, au cours duquel les écrivains de toutes les écoles, romantique, réaliste ou naturaliste, exploitent ce genre retrouvé, qui s'illustre des plus grands noms : Honoré de Balzac (Contes drolatiques), *Alfred de Vigny* (Servitude et grandeur militaires), *Alfred de Musset* (Nouvelles et Contes), *Gérard de Nerval* (Les Filles du feu), *Stendhal* (Chroniques italiennes), *Jules-Amédée Barbey d'Aurevilly* (Les Diaboliques), *Gustave Flaubert* (Trois Contes), *Auguste de Villiers de L'Isle-Adam* (Contes cruels), *et encore Prosper Mérimée, ou Guy de Maupassant bien sûr, qui a su à merveille utiliser la brièveté incisive et la chute percutante de la nouvelle pour exprimer le tragique de la condition humaine qui le rongeait.*

Comment expliquer, après un si beau palmarès, la désaffection dont a souffert en France la nouvelle au cours de notre siècle, jusqu'à une période très récente ? Le succès du roman (de Proust à la génération littéraire des années 60) relègue de fait la nouvelle au rang de production seconde. Et pourtant, des romanciers fort célèbres se sont avec bonheur essayés au genre — Albert Camus (L'Exil et le Royaume), Jean Giono (Solitude de la pitié), Jean-Paul Sartre (Le Mur), Marguerite Yourcenar (Nouvelles orientales)... —, sans oublier ces auteurs de renom qui se sont illustrés quasiment au seul titre de nouvellistes : Paul Morand, Marcel Aymé, Daniel Boulanger...

Aujourd'hui, ce genre-phénix de la nouvelle est de nouveau porté par l'attention des éditeurs, ayant sans doute bénéficié d'une certaine recrudescence d'intérêt pour les littératures étrangères, parmi lesquelles la nouvelle jouit bien souvent, contrairement à la France, d'un statut majeur.

On redécouvre alors que la nouvelle joue avec brio de tous les registres : nouvelles tragiques de Dino Buzzati, truculentes d'Isaac Bashevis Singer, absurdes de Franz Kafka, ironiques de Thomas Hardy, désespérées de Tennessee Williams, comiques de Boccace...

Et comment ignorer, dans notre civilisation de l'image, que la nouvelle s'adapte à merveille à l'écran, de cinéma ou de télévision ? Récit court et dense, suggestif, son action et ses ressorts dramatiques n'ont pas la pesanteur ou les longueurs du roman ; la nouvelle laisse sans doute les coudées plus franches au cinéaste. Claude Chabrol reconnaît ainsi avoir « une grande attirance pour la nouvelle. Son côté elliptique m'a *toujours beaucoup plu. Elle ne se prête pas à de longues analyses psychologiques. Et elle a un caractère visuel évident ».* Il suffit de citer des rencontres aussi belles que *Guy de Maupassant et Jean Renoir* (Une partie de campagne), *Julio Cortázar et Michelangelo Antonioni* (Les Fils de la Vierge, *adaptés en* Blow up), *Edgar Allan Poe et Federico Fellini* (Il ne faut pas parier sa tête avec le diable), *Prosper Mérimée et Ernst Lubitsch puis Christian-Jaque* (Carmen), *Thomas Mann et Luchino Visconti* (Mort à Venise), *Isaac Bashevis Singer et Barbra Streisand* (Yentl)...

Souhaitons alors que ces quelques récits vous donnent le goût de découvrir les recueils dont ils sont extraits; mais aussi peut-être de poursuivre un jour, au travers d'autres nouvelles d'autres pays, un véritable tour du monde des littératures. Sans oublier dans votre périple cette recommandation d'André Gide : « La nouvelle est faite pour être lue d'un coup, en une fois. »

Le Passager clandestin

par
MARY HIGGINS CLARK

CAROL frissonna dans son manteau d'uniforme bleu fumée et s'efforça d'ignorer le malaise qui l'envahissait. Parcourant du regard le hall de l'aéroport, elle songea que les poupées traditionnelles aux vêtements colorés dans leurs vitrines contrastaient étrangement avec les policiers à la mine sévère qui passaient et repassaient devant elles. Rassemblés en un petit groupe, les passagers fixaient sur les agents un regard haineux.

S'approchant, elle entendit l'un d'entre eux grommeler : « La chasse est trop longue. Les chasseurs sont mécontents. » Il se tourna vers Carol : « Depuis combien de temps faites-vous ce métier, mademoiselle ?

— Trois ans, répondit Carol.

— Vous êtes sans doute trop jeune pour avoir connu cette époque. Mais si vous aviez vu mon pays avant l'occupation... Cette salle était un endroit plein de gaieté alors. Lorsque je suis reparti en Amérique à la fin de mon dernier séjour, il y avait

vingt personnes de ma famille pour
m'accompagner. Aujourd'hui, aucune n'a
osé venir. Il est déconseillé de faire étalage
de ses parents américains. »

Carol baissa la voix : « Les policiers sont
beaucoup plus nombreux aujourd'hui que
d'habitude. Savez-vous pourquoi ?

— Un dissident s'est échappé, mur-
mura-t-il. Il a été repéré par ici il y a une
heure. Ils vont sûrement l'attraper, mais
j'espère ne pas voir ça.

— L'embarquement est prévu dans une
quinzaine de minutes, le rassura Carol.
Excusez-moi, je dois parler au commandant. »

Tom sortait du bureau de piste. Il la
regarda et fit un signe d'assentiment. Dans
combien de temps son cœur cesserait-il de
battre la chamade à sa vue ? Quand pourrait-elle regarder avec indifférence sa
haute et élégante silhouette dans l'uniforme bleu marine ? Il était temps qu'elle le
voie seulement comme un pilote parmi
d'autres et non comme l'homme qu'elle
avait si tendrement aimé.

Elle s'adressa à lui d'un ton neutre, ses
yeux gris imperceptiblement voilés :
« Vous désiriez me voir, commandant ? »

Le ton de Tom fut aussi impersonnel que
le sien : « Je me demandais si vous aviez
des nouvelles de Paul. »

Confuse, Carol dut avouer qu'elle n'avait
pas pensé au chef de cabine depuis leur

atterrissage à Danubia une heure auparavant. Paul avait eu un malaise avant leur arrivée et était resté allongé sur la couchette de l'équipage pendant qu'on remplissait les réservoirs en vue du vol de retour vers Francfort.

« Non, commandant. J'étais trop intéressée par la partie de cache-cache à laquelle se livrent ces messieurs. » Elle fit un signe de tête en direction des policiers.

Tom acquiesça : « Je n'aimerais pas être à la place de ce malheureux lorsqu'ils l'attraperont. Ils sont convaincus qu'il se trouve dans les parages. »

La voix de Tom avait pris une intonation plus familière et Carol leva vers lui un regard plein d'attente. Mais il avait déjà retrouvé l'attitude du commandant s'adressant à l'hôtesse de l'air. « Soyez gentille, allez voir si Paul n'a besoin de rien. Je vais demander au personnel au sol de faire embarquer les passagers.

— Bien, commandant. » Elle se dirigea vers la porte donnant sur la piste.

L'aérodrome glacial semblait désolé dans la semi-obscurité de ce soir d'octobre. Trois policiers entraient dans l'avion à côté du sien. Un frisson parcourut Carol à leur vue tandis qu'elle montait à bord et se dirigeait vers Paul.

Il dormait. Elle étendit doucement sur lui une seconde couverture et gagna la cabine. Encore dix minutes et tout le monde aurait embarqué, se dit-elle en consultant sa montre. Elle sortit son miroir de poche, passa un peigne dans les courtes boucles blondes qui s'échappaient de son calot.

Une sueur d'effroi l'envahit en apercevant dans la glace le reflet d'une main agrippée à la tringle du rideau de la penderie derrière son siège. *Quelqu'un essayait de se cacher dans le petit renfoncement!* Elle jeta un regard affolé par le hublot, cherchant désespérément de l'aide. Les policiers venaient de quitter l'avion voisin et se dirigeaient vers le leur.

« Rangez cette glace, mademoiselle. » Les mots étaient prononcés sans précipitation, dans un anglais clair, avec un fort accent. Elle entendit les cintres s'entrechoquer et se retourna brusquement pour se trouver face à un très jeune homme au regard bleu et vif sous une épaisse crinière blonde.

« Je vous en prie — ne craignez rien. Je ne vous ferai aucun mal. » Il jeta un coup d'œil par le hublot vers les policiers qui approchaient rapidement. « Y a-t-il une autre sortie dans l'avion ? »

La frayeur de Carol prit une autre forme. C'était pour lui à présent qu'elle éprouvait un sentiment imminent de catastrophe. Les yeux emplis d'épouvante, il s'écarta du hublot comme un animal pris au piège, implorant, aux abois, la main tendue vers

Carol, la voix pressante : « S'ils me trouvent, ils me tueront. Où puis-je me cacher ?

— Je ne peux pas vous cacher, protesta Carol. Ils vous découvriront en fouillant l'avion, et il m'est impossible de compromettre la compagnie. » Elle se représenta le visage furieux de Tom si la police découvrait un passager clandestin à bord, surtout en apprenant que c'était elle, Carol, qui l'avait caché.

Des pas gravissaient la passerelle, les lourdes chaussures martelant les marches métalliques. Des coups répétés résonnèrent contre la porte de l'appareil.

Paralysée, Carol regarda fixement les yeux du fugitif, le sombre désespoir qui les habitait. Elle parcourut fébrilement la cabine du regard. La veste d'uniforme de Paul était accrochée dans la penderie. Elle la sortit, saisit sa casquette sur l'étagère. « Mettez ça, vite ! »

L'espoir illumina le visage du jeune homme. Ses doigts s'affairèrent furieusement sur les boutons et il enfouit ses cheveux sous la casquette. Les coups redoublèrent à la porte.

Carol avait les mains moites, les doigts gourds. Elle poussa le jeune homme sur le siège arrière, s'empara à la hâte du livre de bord et éparpilla les formulaires de déclaration sur ses genoux. « N'ouvrez pas la bouche. S'ils demandent votre nom, je

dirai Joe Reynolds et prierai le ciel pour
qu'ils ne vérifient pas les passeports. »

Elle crut que ses jambes ne la porte-
raient jamais jusqu'à la porte de l'avion. Au
moment où elle actionnait la poignée, elle
prit conscience de ce qu'elle venait de
faire, du piètre déguisement dont elle avait
affublé ce malheureux garçon. Comment
pourrait-elle empêcher les policiers de
fouiller l'avion ? La poignée tourna et la
porte s'ouvrit. Elle se posta en travers de
l'entrée et s'obligea à prendre un ton agacé
en s'adressant aux trois hommes en uniforme : « Le steward et moi-même sommes
occupés à vérifier les papiers d'embarquement. Pour quelle raison venez-vous nous
déranger ?

— Vous n'êtes pas sans savoir que l'on
recherche un fugitif. Vous n'avez pas le
droit d'entraver le travail de la police.

— C'est mon travail que vous entravez.
J'en informerai le commandant de bord.
Vous n'êtes pas autorisés à pénétrer dans
un appareil américain.

— Nous fouillons tous les avions sta-
tionnés sur la piste, répliqua sèchement
l'homme qui menait l'opération. Écartez-
vous, je vous prie. Je ne voudrais pas être
obligé d'entrer par la force. »

Il était inutile de discuter. Carol alla
rapidement s'asseoir sur le siège à côté de
« Joe » et se tourna vers lui, le masquant à
demi. Il penchait la tête sur les documents.

Dans la pénombre, son uniforme faisait illusion, et l'absence de cravate passait inaperçue tant qu'il restait courbé.

Carol prit quelques déclarations sur ses genoux et dit : « Bon, Joe, finissons-en avec ça. Kralick, Walter, six bouteilles de cognac, valeur trente dollars. Une montre, valeur... »

« Qui se trouve à bord, à part vous ? demanda l'officier de police.

— Le chef de cabine. Il dort dans la cabine de l'équipage, répondit nerveusement Carol. Il est malade. »

Le regard inquisiteur effleura « Joe » sans manifester d'intérêt. « Personne d'autre ? C'est le seul avion américain. Logiquement, c'est ici que le traître aurait dû venir se réfugier. »

Le second policier avait fouillé les toilettes, les compartiments et regardé sous tous les sièges. Le troisième revint du poste de pilotage. « Il n'y a qu'un seul type, endormi. Trop âgé pour être notre fugitif...

— On l'a aperçu dans les parages il y a une quinzaine de minutes, l'interrompit son chef d'un ton cassant. Il doit être quelque part. »

Carol jeta un coup d'œil à sa montre. Huit heures moins une. Les passagers allaient bientôt franchir la piste. Il fallait qu'elle se débarrasse des policiers, qu'elle cache le garçon — le tout en une minute.

Elle se leva, prenant soin de toujours

masquer Joe. Regardant par le hublot du côté opposé, elle vit s'ouvrir la porte de la salle d'embarquement. Elle dit au chef des policiers : « Vous avez fouillé l'avion. Mes passagers vont bientôt embarquer. Voulez-vous quitter les lieux, je vous prie ?

— Vous semblez curieusement pressée de nous voir partir, mademoiselle.

— Je n'ai pas fini de vérifier les papiers. Et je pourrais difficilement le faire tout en m'occupant des voyageurs. »

Des pas gravissaient précipitamment la passerelle. Un homme entra. « Chef, dit-il, le commissaire veut un rapport immédiat sur les recherches. »

Carol vit avec soulagement les trois hommes s'élancer à l'extérieur.

Accompagnés par un membre du personnel au sol, les passagers atteignaient le pied de la passerelle au moment où les policiers en descendaient. L'équipage pour sa part embarquait par l'avant.

« Joe », appela Carol. Le garçon avait quitté son siège, et se tenait tapi dans l'allée. Carol l'entraîna vers la queue de l'avion et lui désigna les toilettes pour hommes. « Entrez là. Ôtez l'uniforme et n'ouvrez la porte à personne en dehors de moi. »

Elle alla se placer à l'entrée, plaqua un sourire sur son visage à l'adresse des arrivants. Le représentant de la compagnie lui tendit le manifeste et attendit pendant qu'elle accueillait les voyageurs et désignait sa place à chacun.

Il y avait six noms sur la liste. Cinq d'entre eux étaient tapés à la machine, et le dernier, « Vladimir Karlov », avait été inscrit à la main. À côté, étaient ajoutées trois lettres : « VIP. »

« Qui est ce personnage de marque ? demanda Carol à voix basse au représentant de la compagnie.

— Un gros bonnet, le commissaire principal de la police de Danubia. C'est le pire de leurs bouchers, prenez-le avec des gants. Il s'est arrêté pour s'entretenir avec les types qui recherchaient le fugitif. »

Le chef de la police — sur son vol ! Carol crut s'évanouir, mais comme il atteignait le haut de la passerelle, elle lui tendit la main en souriant. C'était un homme de haute taille, d'une cinquantaine d'années, avec un nez étroit et des lèvres minces.

« J'ai la place quarante-deux. »

Elle ne pouvait pas le laisser s'asseoir à l'arrière de l'avion. Il verrait à coup sûr « Joe » lorsqu'elle le ferait sortir des toilettes. « Le vol jusqu'à Francfort est magnifique, dit-elle aimablement. Vous devriez plutôt vous installer à l'avant de l'appareil.

— Je préfère rester à l'arrière, dit-il. On y est moins secoué.

— Les turbulences sont extrêmement rares sur cette ligne. Vous ne sentirez aucune secousse à l'avant et la vue y est beaucoup plus belle. »

Il haussa les épaules et la suivit dans l'allée centrale. Elle jeta un coup d'œil sur le manifeste, hésitant à le placer à côté d'un autre passager. Si elle optait pour cette solution, elle avait une chance qu'il se mette à bavarder avec son voisin et ait l'attention détournée au moment où elle ferait sortir Joe des toilettes. Mais se rappelant les commentaires agacés des voyageurs à propos de la poursuite du dissident, elle se ravisa, le conduisit à la place numéro trois, plaça son sac dans le casier au-dessus de sa tête et lui recommanda d'attacher sa ceinture.

L'occupant de la place sept se leva et commença à se diriger vers l'arrière. Carol le rejoignit à la porte des toilettes pour hommes. « Monsieur, voulez-vous rejoindre votre place, s'il vous plaît ? Nous allons décoller d'un instant à l'autre. »

Le visage de l'homme était blême. « Je vous en prie, mademoiselle, je vais être malade. J'ai toujours peur au moment du décollage. »

Carol le prit par le bras et le força à retirer sa main de la poignée de la porte, sans lui laisser le temps de s'apercevoir qu'elle était fermée. « J'ai des cachets qui vous soulageront. Tout le monde doit rester assis jusqu'à ce que nous soyons en vol. »

Après l'avoir raccompagné à sa place, elle prit le micro : « Bonsoir, je suis votre hôtesse, Carol Dowling. Je vous prie d'attacher vos ceintures et de ne pas fumer avant l'extinction du signal lumineux à l'avant de l'appareil. Notre destination est Francfort, la durée de notre vol sera de deux heures et cinq minutes. Un dîner léger vous sera servi dans peu de temps. N'hésitez pas à me faire part de vos désirs. Je vous souhaite à tous un agréable voyage. »

Lorsqu'elle pénétra dans le poste de pilotage, l'avion s'était arrêté de rouler sur la piste et les moteurs grondaient. Elle se pencha vers Tom. « Tout est prêt en cabine, commandant. »

Tom se retourna si vivement qu'il lui effleura la tête. Elle éprouva une soudaine sensation de chaleur et porta inconsciemment la main à ses cheveux.

« Okay, Carol. »

Dans le rugissement des moteurs, elle entendit à peine ce qu'il disait. Il y a un an, il aurait levé les yeux vers elle et ses lèvres auraient formé un : « Je t'aime, Carol », mais c'était fini maintenant. Un instant, elle regretta violemment qu'ils n'aient jamais véritablement mis fin à leur querelle. Souvent la nuit, lors de ses insomnies, elle s'était avoué que Tom lui avait tendu la perche : il avait fait les premiers pas, mais elle ne lui avait pas donné une chance. Si bien que ses vains efforts de réconciliation n'avaient abouti qu'à des disputes encore pires, et ensuite il avait été

muté à Londres pendant six mois et ils ne
s'étaient plus revus. Et aujourd'hui ils se
retrouvaient sur le même vol, deux collègues polis, attentifs à ne pas montrer que
les choses avaient été différentes entre eux
par le passé.

Elle se prépara à retourner dans la
cabine, mais Tom la pria d'attendre. Il fit
un signe de tête à l'intention du copilote et
le bruit des moteurs s'atténua. Un profond
sentiment de solitude s'empara de Carol
lorsqu'il se détourna d'elle. Il y avait eu
certains moments pendant l'aller où Tom
s'était montré amical, chaleureux — des
moments où elle avait cru qu'ils pourraient
presque parler de tout et de rien. Toutefois
cette histoire allait tout gâcher, songea-
t-elle. Même si je parviens à amener Joe à
Francfort, Tom ne me le pardonnera
jamais.

« Carol, avez-vous parlé au commissaire ?

— Seulement lorsque je l'ai conduit à sa
place. Il n'est pas particulièrement bavard.

— Occupez-vous particulièrement de
lui. C'est un type important. Ils envisagent
de fermer Danubia aux lignes américaines.
S'il est satisfait du service, il donnera peut-
être un coup de pouce. Je demanderai à
Dick de vous aider à servir le repas une fois
que nous serons en vol.

— Non ! Je veux dire, il s'agit d'un sou-
per froid et il n'y a que six passagers ; je
peux me débrouiller seule. »

De retour dans la cabine, elle offrit un sourire rassurant à l'homme qui avait peur des décollages et passa devant lui. L'avion s'engageait maintenant sur la piste d'envol et le crescendo des moteurs devint assourdissant. Tous les passagers, y compris le chef de la police, avaient le nez collé aux hublots. Carol se dirigea à l'arrière, frappa à la porte des toilettes et appela doucement Joe.

Il sortit sans faire de bruit. Dans la pénombre, sa silhouette efflanquée ressemblait davantage à une ombre qu'à un être humain. Elle lui chuchota à l'oreille : « Le dernier siège sur la droite. Vite. Glissez-vous par terre. Je jetterai une couverture sur vous. »

Il s'avança avec précaution et disparut dans l'espace entre les sièges. Il se déplace comme un chat, pensa Carol.

Il était malaisé de garder l'équilibre pendant que l'avion prenait de l'altitude et, se retenant d'une main à la cloison des toilettes, Carol atteignit le siège du côté couloir près de Joe, sortit une couverture du casier, et la jeta sur lui en la dépliant. Un œil indifférent ne remarquerait rien, mais un regard attentif pourrait s'étonner de la présence de cette masse informe.

Elle riva ses yeux sur l'inscription lumineuse au-dessus de la porte du poste de pilotage : ATTACHEZ VOS CEINTURES — DÉFENSE DE FUMER. La durée du signal lui donnait un sursis, un moment de répit. Mais lorsqu'il s'effacerait, il lui faudrait rallumer la lumière centrale et les passagers pourraient quitter leurs sièges. La cachette de Joe serait alors vite découverte.

Pour la première fois, elle réfléchit sérieusement aux risques qu'elle avait pris en cachant Joe. Elle pensa à la réaction de Tom, se rappelant sa fureur de l'an dernier, lorsqu'elle avait provoqué des ennuis sur son vol.

« Mais Tom, avait-elle protesté, j'ai seulement permis à cette pauvre gosse de sortir son chien de son panier ! Elle voyageait seule, elle allait être adoptée par des étrangers. C'était la nuit et la cabine était plongée dans l'obscurité. Personne ne se serait aperçu de rien si cette bonne femme n'avait pas reçu un malheureux petit coup de dent en se penchant sur l'enfant. »

Et Tom avait répliqué : « Carol, peut-être un jour apprendras-tu à te plier au règlement. Cette bonne femme, comme tu dis, était une actionnaire de la compagnie et elle a fait un boucan de tous les diables. Sachant que cela ne me coûterait pas mon job, je me suis déclaré responsable du fait que ce clebs se promenait en liberté à bord. Mais après sept ans de parcours sans faute, j'apprécie peu d'avoir reçu un blâme. »

Elle se rappela désagréablement qu'elle s'était mise en rage contre lui, se déclarant ravie de savoir que l'excellence de ses états de service était un peu écornée — que maintenant peut-être il pourrait se détendre et agir avec humanité — peut-être même cesserait-il de considérer le manuel de la compagnie comme la Bible. Elle se souvenait cruellement de chacun des mots qu'ils avaient échangés, elle avait si souvent revécu cette dispute.

Elle essaya de se représenter la réaction de Charlie Wright, le directeur de la Northern à Francfort. Charlie était un « homme de la compagnie » lui aussi. Il aimait que ses avions arrivent et partent à l'heure, que les passagers soient pleinement satisfaits. Charlie serait hors de lui en se voyant obligé de rapporter à la compagnie la présence d'un passager clandestin et il la suspendrait de ses fonctions, s'il ne la virait pas purement et simplement.

La couverture de Joe bougea légèrement, lui rappelant brutalement qu'elle devait au plus vite trouver un endroit où le cacher en sécurité. L'avion prenait sa vitesse de croisière. Voyant s'effacer le signal : ATTACHEZ VOS CEINTURES, Carol se leva lentement. À contrecœur, elle tendit la main vers l'interrupteur placé sur la cloison et alluma les plafonniers.

Elle commença à distribuer les magazines et les journaux. L'homme qui redoutait le décollage semblait plus calme à présent. « Votre pilule m'a été d'une grande aide, mademoiselle. » Il accepta un journal, chercha ses lunettes. « J'ai dû les laisser dans mon manteau. » Il se leva, se préparant à aller vers l'arrière.

Carol dit précipitamment : « Ne vous dérangez pas, je vais vous les chercher.

— Ce n'est pas la peine. » Il passait devant l'endroit où se cachait Joe — Carol sur ses talons, retenant sa respiration. La couverture faisait un effet visiblement désordonné dans la cabine bien rangée. Le passager trouva ses lunettes, repartit en sens inverse et s'arrêta. Carol réfléchit à toute vitesse. Cet homme était le type du maniaque par excellence — il avait tenu à accrocher son manteau dans la penderie, elle l'avait vu lisser les coins de son journal. Dans une seconde, il allait ramasser la couverture. Il se penchait déjà, disait : « Ceci a dû tomber...

— Oh, je vous en prie ! » Carol posait sa main sur son bras, le serrant fermement. « Je vous en prie, ne vous donnez pas ce mal. Je reviendrai la ramasser. » Elle le poussa imperceptiblement vers l'avant de l'appareil, le gourmandant gentiment : « Vous êtes notre client. Si le commandant s'aperçoit que je vous laisse faire le ménage à bord, il va me jeter par le hublot ! »

L'homme sourit, mais regagna docilement sa place.

Carol parcourut la cabine d'un regard

anxieux. La couverture était beaucoup trop visible. Chaque fois que l'un ou l'autre des passagers se rendrait à l'arrière de l'appareil, Joe risquerait d'être découvert.

« Un magazine, s'il vous plaît, mademoiselle.

— Bien sûr. » Carol apporta la sélection des journaux à l'homme assis derrière le commissaire, puis elle s'avança vers ce dernier : « Désirez-vous lire quelque chose, monsieur Karlov ? »

Le commissaire tapotait de ses doigts minces le bras de son siège, une moue de concentration pinçant ses lèvres. « Il me manque un élément d'information, mademoiselle. On m'a dit quelque chose qui ne cadre pas. Toutefois... (un sourire froid étira sa bouche) cela me reviendra. Cela me revient toujours. » Il repoussa d'un geste le magazine qu'elle lui tendait. « Où puis-je boire un peu d'eau ?

— Je vais vous apporter un verre », dit Carol.

L'homme se leva. « Ne vous donnez pas cette peine. J'ai horreur de rester immobile aussi longtemps. Je préfère aller le chercher moi-même. »

Le poste d'eau se trouvait au fond de l'appareil, à l'opposé du siège où Joe était caché. Le commissaire n'était pas un observateur naïf. Il regarderait sous la couverture.

« Non ! » Elle lui barra le chemin dans

l'allée. « On a annoncé une zone de turbulences. Le commandant a demandé que
les passagers restent à leur place. »

Il jeta un regard significatif vers le signal
éteint. « Si vous voulez bien me laisser
passer... »

L'avion s'inclina légèrement. Carol
vacilla contre le commissaire, laissant
volontairement choir son paquet de
revues. La situation devenait critique.

Il lui fallait seulement gagner du temps,
Tom allait sans doute rallumer le signal.
L'air exaspéré, le commissaire ramassa
quelques journaux.

Lui bloquant toujours le chemin, Carol
rassembla lentement les autres, les clas-
sant soigneusement par taille. Finalement,
ne pouvant s'attarder plus longtemps, elle
se releva. Et le signal se ralluma !

Le commissaire se renfonça dans son
siège et regarda attentivement Carol se
diriger vers le robinet, verser un verre
d'eau et le lui apporter. Il ne la remercia
pas mais la regarda fixement. « On dirait
que ce signal a répondu à vos prières,
mademoiselle. Vous n'aviez visiblement
pas envie de me voir quitter ma place. »

Carol sentit la peur l'envahir, puis la
colère. Il soupçonnait quelque chose et
s'amusait de ses efforts embarrassés. Elle
reprit le verre d'eau auquel il avait à peine
touché. « Monsieur, je vais vous mettre
dans la confidence. Lorsque nous avons un

passager important à bord, il y a une marque inscrite à côté de son nom sur le manifeste. Ce signe implique que nous devons nous montrer particulièrement prévenants à l'égard de cette personne : vous êtes aujourd'hui ce passager et je m'évertue à rendre votre vol aussi agréable que possible. Je crains malheureusement de ne pas y parvenir. »

La porte du poste de pilotage s'ouvrit et Tom apparut. Les passagers étaient tous assis dans la première moitié de la cabine. Carol se tenait près du dernier d'entre eux. Il était probable que Tom se contenterait de leur dire un mot aimable. Il ne prendrait pas la peine d'aller en queue de l'appareil si personne n'était assis à l'arrière.

Tom salua le commissaire, serra la main de l'homme derrière lui, désigna un banc de nuages aux deux amis qui jouaient aux échecs. Carol observa ses gestes avec un pincement de cœur. Chaque fois qu'elle le voyait, un souvenir différent lui revenait en mémoire. Cette fois-ci, c'était le jour du *Memorial Day* à Gander ; leur vol avait été annulé à cause d'une tempête de neige. Tard dans la nuit, Tom et elle s'étaient amusés à s'envoyer des boules de neige. Tom avait consulté sa montre et dit : « Te rends-tu compte que dans deux minutes nous serons le 1er juin ? Je n'ai jamais embrassé une femme dans une tempête de neige le 1er juin. » Ses lèvres étaient froides en effleurant sa joue, puis elles avaient trouvé sa bouche et s'étaient réchauffées. « Je t'aime, Carol. » C'était la première fois qu'il le lui avait dit.

Carol ravala son chagrin et revint à la réalité. Elle se tenait au milieu de l'allée, Tom était planté devant elle, Joe en danger et il n'y avait pas d'issue.

« Vous êtes certaine de ne pas avoir besoin d'aide, Carol ? » Son ton était impersonnel mais il la scrutait des yeux. Elle se demanda si lui aussi évoquait certains souvenirs.

« Aucun besoin, dit-elle. Je vais commencer tout de suite. » Ce qui signifiait aller à la cuisine et risquer que quelqu'un découvre Joe, mais...

Tom se racla la gorge, parut chercher ses mots : « Quelle impression cela fait-il d'être la seule femme à bord ? »

Les mots flottèrent quelques secondes dans l'esprit de Carol avant qu'elle ne comprenne véritablement leur signification. Elle examina tous les passagers successivement : le commissaire, l'homme qui avait peur des décollages, le quadragénaire un peu plus loin, le plus vieux en train de dormir, les deux joueurs d'échecs. Des hommes, uniquement des hommes. Elle avait désespérément cherché un endroit où cacher Joe, et c'était Tom qui venait de lui en désigner un! Les toilettes pour femmes! Parfait. Et si simple.

Sentant le regard de Tom posé sur elle, elle lui répondit d'un ton désinvolte : « Je suis ravie d'être la seule femme ici, commandant. Cela élimine toute compétition. »

Tom se dirigea vers l'avant puis s'arrêta, hésitant. « Carol, venez prendre un café avec moi lorsque nous serons à Francfort. J'ai certaines choses à vous dire. »

Enfin! Lui aussi avait envie de la revoir. Si elle lui avouait maintenant : « J'ai découvert un passager clandestin à bord », tout serait tellement plus facile. Tom en retirerait le mérite et les autorités de Danubia feraient peut-être preuve de gratitude. Il était même possible que la Northern voit ses autorisations de vol prolongées, ce qui effacerait dans l'esprit de Tom les ennuis que Carol lui avait causés l'an dernier. Mais elle ne pouvait pas livrer Joe, même pour l'amour de Tom. « Demandez-le-moi une fois que nous serons à terre, si vous le désirez toujours », dit-elle.

Après qu'il eut regagné le poste de pilotage, elle alla s'asseoir à sa place à côté de Joe et examina rapidement les passagers. Le jeu d'échecs absorbait les deux amis. Le vieil homme somnolait. L'autre contemplait les nuages. Le maniaque de la propreté était penché sur son journal. La tête du chef de la police était appuyée sur le dossier de son siège. C'était trop espérer qu'il se fût endormi. Au mieux était-il suffisamment absorbé par une profonde réflexion pour ne pas se retourner.

Elle se pencha vers la forme sous la couverture. « Joe, chuchota-t-elle, il faut que vous alliez vers l'arrière de l'appareil. Les toilettes pour femmes se trouvent sur la gauche. Entrez-y et fermez le verrou. »

Elle surprit le regard du commissaire au moment où il se retournait dans son siège. « Joe, je vais éteindre les lumières, ajouta-t-elle précipitamment. Vous en profiterez pour vous glisser rapidement hors de votre place. Vous comprenez ? »

La tête de Joe apparut sous la couverture. Ses cheveux étaient ébouriffés et il cligna des paupières dans la lumière. On aurait dit un gosse de douze ans s'éveillant d'un profond sommeil ! Mais une fois habitués à la clarté environnante, ses yeux eurent un regard d'adulte — las, exténué.

Son petit hochement de tête indiqua à Carol qu'il avait compris. Elle se leva. Le commissaire avait quitté son siège et se dirigeait vers elle.

En une seconde, elle atteignit l'interrupteur et plongea la cabine dans l'obscurité. Des cris d'inquiétude s'élevèrent. La voix de Carol domina le tumulte : « Excusez-moi ! Quelle maladroite je suis ! Je me suis trompée d'interrupteur... »

Le déclic d'une porte qui se referme —

l'avait-elle entendu ou simplement voulu l'entendre ?

« Rallumez immédiatement, mademoiselle. » La voix était glaciale, la main enserrait brutalement son bras.

Carol leva l'interrupteur et regarda franchement le visage du commissaire — ses traits déformés par la rage.

« Pourquoi ? » La colère vibrait dans son ton.

« Pourquoi quoi, monsieur ? Je voulais simplement brancher le micro pour annoncer le dîner. Regardez — l'interrupteur du micro se trouve juste à côté de celui qui commande la lumière. »

Il examina le panneau, l'air soudain perplexe. Carol prit le micro. « J'espère que vous avez tous faim. Je servirai le dîner dans une dizaine de minutes, et en attendant je vais passer parmi vous avec les cocktails : Manhattan, Martini ou daïquiri. Dites-moi ce qui vous ferait plaisir. » Elle se tourna vers le chef de la police et dit d'un ton respectueux : « Un cocktail, monsieur ?

— Accepterez-vous d'en prendre un avec moi, mademoiselle ?

— Je ne bois jamais pendant mon service.

— Moi non plus. »

Qu'entendait-il par là ? se demanda Carol en passant le plateau de cocktails. Il joue probablement au chat et à la souris, se dit-elle. Elle sortit les plats préparés du réfrigérateur, garnit les plateaux, disposant avec un soin particulier celui du commissaire, pliant méticuleusement la serviette, servant le café à la dernière minute afin qu'il restât chaud.

« N'êtes-vous pas deux en général pour faire le service ? demanda-t-il tandis qu'elle plaçait le plateau devant lui.

— Si, mais le chef de cabine est malade. Il est couché. »

Elle servit les autres passagers, offrit une seconde fois du café, apporta leurs plateaux aux membres de l'équipage. Tom confia les commandes au copilote et s'assit à la table de navigation. « Il me tarde que nous soyons arrivés à Francfort, dit-il d'un ton inquiet. Avec ce vent arrière, nous devrions atterrir dans une demi-heure. Je me suis senti tendu pendant toute la durée du vol. Quelque chose me tracasse, sans que je sache quoi. » Il sourit. « Je suis probablement fatigué, peut-être ai-je tout simplement besoin d'une tasse de café, Carol. »

Carol entrebâilla doucement le rideau de la couchette de l'équipage. « Paul dort depuis un bon moment.

— Il vient juste de se réveiller et m'a demandé de lui passer sa veste. Il voulait vous donner un coup de main. Mais je lui ai conseillé de rester tranquille. Il a l'air crevé. »

Le sort de Joe reposait sur un équilibre si fragile... Si Paul était revenu dans la cabine, il aurait vu Joe. Si la veste de Paul n'avait pas été accrochée dans la penderie, la police aurait trouvé Joe. Si Tom ne lui avait pas dit qu'elle était la seule femme à bord...

« Je vais débarrasser les plateaux du repas puisqu'il ne nous reste qu'une demi-heure », dit-elle.

Elle les ramassa méthodiquement, commençant par les passagers à l'avant. Le plateau du commissaire était intact. Il le regardait fixement. Un pressentiment retint Carol de le déranger. Elle débarrassa et empila les autres plateaux. Mais un regard à sa montre la prévint qu'ils allaient atterrir dans dix minutes. Les signaux s'allumèrent. Elle s'avança vers le commissaire. « Puis-je ramasser votre plateau, monsieur ? Je crains que vous n'ayez pas beaucoup mangé. »

L'homme se leva brusquement. « Vous avez failli vous en tirer, mademoiselle, mais j'ai fini par trouver ce qui me tracassait. À Danubia, les policiers m'ont dit que le chef de cabine était malade et que l'hôtesse vérifiait les déclarations de douane avec le steward. » Une expression féroce envahit son visage. « Pourquoi ce steward ne vous a-t-il pas aidée à servir le dîner ? Parce qu'il n'existait pas. » Ses doigts s'enfoncèrent dans l'épaule de Carol. « Notre prisonnier se trouve dans cet avion et c'est vous qui l'avez caché. »

Carol lutta contre la panique qui la gagnait. « Lâchez-moi.

— Il se cache à bord de l'avion, n'est-ce pas ? Eh bien, il n'est pas trop tard. Le commandant doit nous ramener à Danubia. Une fois là-bas, nous fouillerons l'appareil de fond en comble. »

Il la repoussa sur le côté et s'avança vivement vers la porte du poste de pilotage. Carol voulut le retenir par le bras, mais il l'écarta brutalement. Les autres passagers s'étaient levés et se tenaient immobiles, stupéfaits.

Le dernier espoir de Carol résidait dans ces hommes qui avaient assisté aux recherches avec indignation. L'aideraient-ils ?

« Oui, il y a un fugitif à bord ! cria-t-elle soudain. C'est presque un enfant et vous voulez le tuer, mais je ne vous laisserai pas faire ! »

Pendant quelques secondes, les passagers restèrent paralysés, agrippés au dossier de leur siège tandis que l'avion virait sur l'aile. C'était sans espoir, pensa Carol. Ils ne l'aideraient pas. Mais soudain, comme s'ils comprenaient enfin la scène qui se déroulait devant leurs yeux, les cinq hommes s'élancèrent ensemble. Le plus calme bondit sur le commissaire et l'obligea d'un coup sec à retirer sa main de la poignée. L'un des joueurs d'échecs lui plaqua les deux bras dans le dos. L'avion accomplissait un cercle au-dessus de la piste, les lumières de l'aéroport pénétraient par les hublots. Un petit rebond — Francfort !

Les passagers relâchèrent le commissaire au moment où s'ouvrait la porte du poste de pilotage. Tom se tint immobile dans l'embrasure, examinant sévèrement la scène. « Carol, que diable se passe-t-il ? »

Elle se dirigea vers lui, s'efforçant d'ignorer à la fois le regard haineux du commissaire et l'air interrogatif de Tom. Elle se sentait au bord de l'évanouissement, à bout de forces. « Commandant... » Sa langue était épaisse, elle parvenait difficilement à articuler ses mots. « Commandant, j'ai un passager clandestin à déclarer... »

Dans le bureau du directeur de l'aéroport, elle savoura une tasse de café chaud. Pendant une heure, elle avait vu s'agiter dans la plus grande confusion officiers, policiers et photographes. Le seul point précis avait été la déclaration du commissaire : « Cet homme est un ressortissant de mon pays. Il doit être rapatrié immédiatement. » Et la réponse du directeur de l'aéroport : « Nous regrettons, mais nous sommes tenus de transférer tout passager clandestin aux autorités de Bonn. Si son histoire se confirme exacte, il aura droit à l'asile politique. »

Elle contempla sa main que Joe avait embrassée avant d'être remis entre les mains de la police.

Il avait dit : « Vous m'avez rendu la vie, un avenir. »

La porte du bureau s'ouvrit et Charlie Wright, le directeur de la compagnie, entra, suivi de Tom. « Bon, tout est réglé. »

Il regarda Carol droit dans les yeux. « Fière de vous, hein ? Vous vous trouvez héroïque, vous mourez d'envie de lire les gros titres demain matin ? "L'hôtesse parvient à cacher un passager clandestin sur un vol mouvementé en provenance de Danubia." Les journaux n'imprimeront pas que la Northern n'aura plus l'autorisation de se poser à Danubia et perdra grâce à votre courage quelques millions de revenus. Quant à vous, Carol, vous pouvez rentrer directement chez vous. Vous passerez devant une commission à New York, mais en tout cas, vous êtes virée.

— Je m'y attendais. Mais vous devez comprendre que Tom ignorait la présence du passager clandestin.

— C'est le boulot du commandant de savoir qui voyage à bord de son appareil, répliqua Charlie. Tom s'en tirera probablement avec une engueulade, à moins qu'il ne se montre héroïque lui aussi et essaye de prendre sur lui la responsabilité de votre geste. Il paraît qu'il l'a déjà fait.

— C'est exact. Il m'a couverte l'année dernière et je n'ai pas eu le tact de l'en remercier. » Elle fixa son regard sur le visage étrangement impassible de Tom. « Tom, l'an dernier vous m'avez passé un savon, et avec juste raison. J'étais totalement dans mon tort. Cette fois, je suis sincèrement navrée de tous les ennuis que je vous procure, mais je n'aurais pas pu faire autrement. »

Elle se tourna vers Charlie, retenant ses larmes. « Si vous avez terminé, je vais aller me reposer à mon hôtel. Je suis morte de fatigue. »

Il la regarda avec compassion. « Carol, personnellement je peux comprendre votre geste. Officiellement... »

Elle s'efforça de sourire. « Bonsoir. » Elle sortit et commença à descendre les escaliers.

Tom la rattrapa sur le palier. « Écoute, Carol, mettons les choses au clair — je suis heureux que ce garçon s'en soit tiré ! Tu ne serais pas la femme que j'aime si tu l'avais remis entre les pattes de ces bouchers. »

La femme que j'aime...

« Mais Dieu soit loué, tu ne voleras plus avec moi ; sinon, je prendrais le manche à balai en me demandant ce qui va encore se passer en cabine. » Ses bras l'enveloppèrent.

« Mais si tu n'es pas à bord, je veux que tu viennes me chercher à l'aéroport. Tu peux cacher des espions, des chiens et tout ce que tu voudras sur le siège arrière, Carol, je te demande de m'épouser. »

Carol le regarda, plongea ses yeux dans son regard empli de tendresse. Puis elle sentit la chaleur de ses lèvres sur les siennes et il lui redit les mots qu'elle avait tant désiré entendre : « Je t'aime, Carol. »

Ils descendirent les dernières marches, leurs pas résonnant dans le hall de l'aéroport sombre et silencieux.

(Texte inédit)

MARY HIGGINS CLARK

Reine du suspense, ainsi qu'on l'a sacrée, Mary Higgins Clark l'est assurément par le tirage de chacun de ses ouvrages, qui se compte en centaines de milliers d'exemplaires.

Depuis son premier roman, *La Nuit du renard*, paru en 1979 et qui reçoit l'année suivante le grand prix de la Littérature policière, son succès ne s'est pas démenti.

Mary Higgins Clark dit volontiers être « née écrivain, avoir toujours adoré les livres de suspense et, dès sept ans, écrit des nouvelles, adorant résoudre une énigme ». Elle se souvient aussi avoir aimé, depuis sa tendre enfance, « raconter des histoires effrayantes. Je disais à mes copains : "Imagine qu'il y ait quelqu'un derrière la fenêtre..." ». Faut-il aussi préciser qu'elle est passionnée de « polars », que ce soit Agatha Christie, Dashiell Hammett...

C'est pourtant relativement sur le tard que commencera sa carrière d'écrivain. D'origine irlandaise, née dans les années 30 à New York, élevée dans le Bronx, elle entreprend des études de secrétariat, pouvant ainsi rapidement trouver du travail, sa mère devant elle-même durement travailler pour élever seule ses trois enfants depuis la mort de leur père.

Plus tard, en 1974, libérée des contraintes matérielles, Mary Higgins Clark reprendra ses études,
pour obtenir une licence de philosophie.

En attendant, saisie par la fièvre des voyages, Mary
Higgins Clark devient hôtesse de l'air; elle s'en sou-
viendra sans doute pour camper un décor fidèle pour
la nouvelle publiée ici.

À la mort de son mari, en 1964, Mary Higgins
Clark se retrouve seule avec cinq enfants à charge.
Elle travaille alors sur des textes destinés à la radio, et
s'engage dans l'écriture de son premier livre, une
biographie romancée de George Washington.
Publié, mais guère vendu.

Enfin le succès, le triomphe même, vient, et
romans et nouvelles se succèdent, dont quatre ont
été portés à l'écran : *Terreur dans le campus* et *L'Une
pour l'autre*, adaptations de deux nouvelles parues
dans *Le Fantôme de Lady Margaret*; *Un cri dans la
nuit* et *Ne pleure pas ma belle*.

Onze romans ont été publiés à ce jour, jusqu'à son
dernier, *Un jour tu verras*, édité en 1993.

La passion de Mary Higgins Clark pour le suspense
demeure toujours intacte, s'assouvissant au rythme
d'un ouvrage par an, bien qu'elle déclare avoir aussi
« envie d'écrire autre chose », sans abandonner toutefois le suspense qu'attendent ses fidèles lecteurs.
Ce sera alors sous un pseudonyme qu'il faudra redé-
couvrir Mary Higgins Clark, pour cet « autre chose ».

Lili
ou les thés dansants

par
RÉGINE DEFORGES

Ah ne ralentis pas les flammes ;
Réchauffe mon cœur engourdi
Volupté, torture des âmes !
                    Charles Baudelaire

L ILI a plus de cinquante ans. Elle fréquente depuis vingt ans les thés dansants, les dancings et autres lieux où l'on danse.

La fermeture du thé dansant du Claridge avait été pour elle un rude coup. Depuis près de quinze ans, elle s'y rendait deux fois par semaine. Elle aimait cet endroit, à la clientèle, pensait-elle, plus chic que celle de la Coupole, du Royal-Lieu, du Balajo — trop canaille — et du Tango — trop populaire. Dès quatre heures de l'après-midi, le mardi et le vendredi, sauf pendant les deux mois d'été qu'elle passait à Deauville, elle garait sa voiture sur les Champs-Élysées et se dirigeait d'un pas assuré vers le célèbre hôtel. Elle éprouvait toujours un même plaisir à se retrouver dans le hall, à

être saluée par les concierges et les liftiers.
Elle était en pays de connaissance. Elle se
contemplait dans les glaces de la galerie,
fière de sa ligne encore jeune et mince,
sûre de son élégance et du charme de ses
grands yeux noirs rendus plus sombres
encore par la blondeur soigneusement
entretenue de sa vaporeuse chevelure aux
ondulations naturelles. Elle marchait lentement vers la salle de danse, saluant au
passage son partenaire favori de tango,
puis celui qui dansait si voluptueusement
la rumba, puis le général qui valsait
comme son ancêtre avait dû valser à
Vienne pendant le Congrès, ensuite le petit
Georges (c'est ainsi qu'on l'appelait depuis
une quinzaine d'années), et le beau Victor
aux costumes un rien trop voyants, et Lio-
nel, dont toutes les dames étaient folles,
Maryse qui n'avait pas sa pareille pour
danser le charleston, Roberte, qui,
disait-on, vivait de ses charmes, Mme Hor-
tense, qui lisait dans les lignes de la main,
la Comtesse, dont les colères étaient
redoutées du personnel. Tendant la main à
l'un, embrassant l'autre, Lili arrivait au
vestiaire tenu par Georgette qui menait
son monde, clients et assistantes, à la
baguette. Georgette était là depuis 1933.
Ah, elle en avait vu! Ce n'était pas à elle
qu'il fallait en conter! Elle connaissait les
bonheurs et les malheurs de presque tous
les habitués, soit qu'ils l'aient prise comme

confidente, soit qu'elle ait surpris une conversation. Elle servait également de boîte aux lettres et dépannait volontiers les vieux clients momentanément gênés.

— Bonjour, Georgette, comment va la tension aujourd'hui ?

— Toujours trop forte, madame Lili. Et vous, votre circulation ?

— Ça va, ça va.

Avant d'entrer dans la salle, Lili vérifiait toujours son maquillage et sa coiffure. Et, c'était la tête haute, un sourire aux lèvres qu'elle franchissait le seuil.

L'orchestre préludait. Raoul, le maître d'hôtel, s'approchait de Lili :

— Bonjour, madame Lili. Vous avez une mine superbe... Votre robe est d'une élégance !... Je vous ai gardé votre table...

Depuis quinze ans, deux fois par semaine, il disait la même chose. La première année cela l'avait agacée, maintenant, cela faisait partie d'un rite que le moindre changement eût perturbé.

Lili gagnait sa place, au bord de la piste, pas très loin de l'orchestre, pas trop près non plus, commandait un thé de Chine, s'installait le plus confortablement possible sur la chaise dorée et, s'appuyant négligemment au guéridon, elle regardait autour d'elle.

La grande salle se remplissait peu à peu, de vieilles relations venaient la saluer. Peu de nouveaux visages. Ce n'était pas encore cette fois qu'elle se laisserait aller à la débauche, pensait-elle, souriante. Et pourtant... que d'aventures elle avait eues dans cet endroit en apparence si guindé, oh! pas autant qu'ailleurs, mais quand même!... Elle se souvenait avec émotion du jour où un jeune comédien alors inconnu, aujourd'hui célèbre, l'avait entraînée, après un slow à la limite de la décence, dans l'ascenseur où il lui avait pétri les seins et le sexe avec violence. Ensuite dans la lingerie du dernier étage de l'hôtel où là, l'appuyant sur la table à repasser, relevant sa jupe et écartant sa culotte, il l'avait pénétrée avec une vigueur qui lui avait arraché un cri. Pour plus de commodité, sans doute, il l'avait basculée en tenant ses fesses à pleines mains. Tout en lui faisant l'amour, il l'insultait. Et maintenant encore le souvenir de ces mots grossiers lui faisait serrer les cuisses voluptueusement. Il l'avait raccompagnée à sa place, lui avait baisé la main et s'en était allé. Ils s'étaient revus deux ou trois fois et, à chaque fois, ils avaient fait l'amour à la sauvette soit dans les couloirs de l'hôtel, soit debout dans un ascenseur ou sous une table de la salle de conférences à l'abri du grand tapis vert. Lili avait eu peur d'être surprise et, en même temps, cela avait ajouté à son plaisir. Puis, il avait disparu. Elle ne l'avait revu que sur les écrans.

Mais ce temps-là était révolu. Depuis la fin de la guerre, elle en avait vu disparaître de ces endroits voués à la danse et aux rencontres de hasard! Moins de dix subsistaient. Pour combien de temps encore? Et pourtant... Ces endroits auraient dû être préservés, déclarés d'utilité publique. Ils étaient nécessaires aux riches comme aux pauvres, aux jeunes comme aux vieux, aux hommes comme aux femmes, à ceux qui avaient trop de loisirs, à ceux qui n'en avaient pas assez, à ceux qui ne venaient que pour danser et à ceux qui ne venaient que pour draguer. Ils étaient le refuge de tous les solitaires, en mal de rencontre, ne fût-ce que le temps d'une danse. Le militaire y venait en goguette, la petite bonne y chercher un amoureux, le retraité un peu de verdeur, le provincial l'air de Paris, la dame d'âge mûr un gigolo, celui-ci une cliente, le représentant de commerce une heure à tuer agréablement entre deux rendez-vous, les commerçants un moment de détente après une semaine bien remplie, le fonctionnaire l'oubli des tracasseries de son chef de service. Tous, quand ils entraient au Bal de la Marine, à la Boule Rouge, au Tango, à la Coupole, au Balajo, à la Java, au Tahiti, au Bal Nègre, au Mikado et autres lieux, se débarrassaient durant une heure ou deux de leurs soucis. Ils avaient l'impression, au son de l'accordéon ou du violon, que leur pauvre vie, si monotone, si banale, allait être transformée. Le temps d'un tango chanté par un mauvais émule de Carlos Gardel, ils se voyaient dans la pampa ou dans les bas quartiers de Buenos Aires, reine de la prairie ou roi du tango. La valse grisante transformait la midinette en une jeune Viennoise emportée par un bel officier. La rumba évoquait de beaux garçons bruns aux hanches étroites et vigoureuses, moulées dans des pantalons prometteurs et de jolies filles si lascives, qu'un simple geste suffisait à les faire s'allonger « sur le sable plus doux qu'un lit ». La java rendait le plus petit employé de banque aussi hargneux et brutal qu'un apache des fortifs qui serait sorti d'un roman de Charles-Henry Hirch et l'employée des postes devenait une gigolette à qui on ne la faisait pas. Ah, qui dira les ravages de *La Java bleue* dans les bals du samedi soir ?

Le temps d'un paso doble, la grosse Germaine devenait andalouse et le petit Riri avait des grâces de torero.

Mais la reine des danses, celle qui faisait l'unanimité et réunissait sur la piste, aux lumières soudain baissées, les jeunes et les vieux, ceux qui savaient danser et ceux qui ne savaient pas, c'était le slow. Là, ce n'était pas la danse qui comptait, ni le savoir-faire du partenaire, mais sa présence physique. Il suffisait de très peu bouger. D'ailleurs, l'affluence était telle, que faire des figures était impossible. Plus question de pas compliqués, de danseurs à éviter, de rythme à suivre, mais seulement le face-à-face de deux êtres qui ne se connaissaient pas, unis aux yeux de tous dans un accouplement collectif, l'espace de quelques minutes. Tous deviennent attentifs : l'homme qui peu à peu resserre son étreinte, la femme qui guette une réaction intime, puis qui, l'ayant constatée — avec satisfaction —, s'écarte en faisant semblant d'être choquée ou au contraire, profitant de l'impunité de la danse et du lieu, se frotte sur cette proéminence avec des airs de ne pas y toucher. Le partenaire ravi accentue sa pression. Il n'est pas rare que la dame ressente un tressaillement de l'objet, puis, plus rien, si ce n'est l'air faussement désinvolte du monsieur qui, souvent, la danse à peine terminée, disparaît dans la direction des toilettes.

C'est toujours au cours d'un slow que l'on conclut un rendez-vous dans un hôtel voisin. Lili n'a jamais fait autrement et, selon l'endroit, sait ramener dans ses filets l'amant idéal pour une heure ou deux, qu'il soit désintéressé ou non. Le fait d'avoir quelquefois payé les faveurs de ses amants ne lui a jamais posé le moindre problème et, dans certains cas, elle a trouvé cela plus agréable et plus confortable. Pas besoin de jouer la passion, tout est clair : « Je paie, tu baises. » Et puis, cela dépanne parfois de

bien gentils jeunes gens ! Où avait-elle lu
que l'auteur du *Con d'Irène* avait gagné sa
vie, durant un temps, dans les thés dansants ? Mais, le plus souvent, Lili n'a pas
besoin d'ouvrir son porte-monnaie pour
être aimée. Il ne manque pas de quinqua-
génaires, ni même de sémillants sexagé-
naires que sa blondeur, sa poitrine opu-
lente et ses jambes fines attirent pour
elles-mêmes. Ce n'est pas que Lili
recherche systématiquement une aventure
chaque fois qu'elle va danser, non, mais
cela fait partie des choses possibles, sou-
haitées même. Cela ajoute du piquant à la
plus banale danse : « Avec celui-ci ? ou
bien celui-là ? Le grand maigre ? ou le petit
trapu ? Le jeune boutonneux ou ce monsieur à l'air important qui essaie vaine-
ment de rentrer son ventre ? » Elle en fait
un jeu.

Aujourd'hui, elle se sent d'humeur
folâtre. Après un déjeuner bien arrosé à la
Coupole et un film pas trop mauvais dans
un cinéma de quartier, elle descend en
chantonnant l'escalier de la célèbre brasse-
rie qui mène au dancing. Elle a beau être
une habituée de l'endroit, à chaque fois
elle a un petit pincement au cœur en
entrant dans la vaste salle : des femmes
seules, plus très jeunes, trop bien coiffées,
sont assises très droites devant une
menthe à l'eau ou un thé, attendant que

l'orchestre commence. C'est là pour Lili l'image même de la solitude : ces femmes qui attendent. Et à chaque fois, elle a comme un mouvement de révolte, un désir de fuite, à l'idée de les rejoindre. Il se dégage de ces femmes assises une telle tristesse, une telle soumission que plus d'une fois elle a eu envie de les prendre par les épaules et de les secouer. Mais elle ne le fait pas, se souvenant de la réponse que lui avait faite il y a quelques années une femme brune, ni belle ni laide, ni jeune ni vieille à qui elle avait demandé :

— Pourquoi venez-vous ici ?

— Où voulez-vous qu'on aille quand on est seule, qu'on a envie de danser et que l'on a mon âge ?

Cela avait été dit avec une telle amertume que Lili n'avait pas insisté.

Pour chasser ce sinistre souvenir, Lili commande un whisky. La salle se remplit peu à peu. Le premier orchestre arrive : c'est celui des tangos et des danses plutôt lentes. Les musiciens sont vêtus de chemises blanches, de pantalons noirs et de ceintures de flanelle rouge (du moins, Lili aime imaginer que c'est de la flanelle rouge). L'orchestre s'installe, prélude et attaque un air entraînant, compromis entre le fox-trot, la marche et la rumba. Les hommes se lèvent tous ensemble et commencent autour de la salle, entre les tables, une sorte de ballet qui consiste à repérer les femelles possibles et à faire admirer à celles-ci leur prestance de mâle. Une à une, les femmes se lèvent. Lili refuse toutes les propositions. Elle aime bien attendre une ou deux danses afin d'évaluer les qualités de danseurs. Pas grand-chose d'exaltant.

— Vous dansez, madame ?

Une voix à peine audible a murmuré l'invitation. Elle lève la tête et n'en croit pas ses yeux. Debout, en face d'elle, mignon comme tout, un jeune homme au teint frais de fille, aux cheveux ras de militaire en permission, se tient d'un air gauche, attendant sa réponse.

Elle sourit gentiment en se levant. Sur la piste, il n'est pas si gauche que ça et il tient sa partenaire avec toute l'autorité d'un homme mûr. Lili se laisse aller. Les cheveux trop courts du garçon sentent encore le shampooing, ajoutant à l'odeur de petit enfant propre qui se dégage de lui. Elle est émue par le corps fin et nerveux qui s'appuie contre elle. La fraîcheur de sa peau lui donne envie de le mordre. Elle ne résiste pas au désir de prendre entre sa main la nuque rasée. Le garçon a un mouvement de tête rapide à ce contact. Croyant lui avoir déplu, elle a retiré sa main.

— Non, ce n'est pas ça, vous m'avez chatouillé... Mais j'aime bien, ajoute-t-il après un moment.

Elle replace sa main et ses doigts remontent le long de la nuque. Il a un grognement de satisfaction.

Entre chaque danse, ils ne regagnent pas leur place, mais restent debout en bordure de la piste, bavardant en attendant la reprise. Au changement d'orchestre, d'un commun accord, ils sortent.

Elle fait ce qu'elle ne fait jamais, elle lui propose de venir boire un verre chez elle. Il accepte.

Au deuxième whisky, il se jette sur elle. Elle le repousse en riant, mais il revient tel un jeune chien. Alors, elle ne résiste plus aux baisers gloutons et maladroits du garçon, elle l'aide quand il essaie de dégrafer son soutien-gorge. Il enfouit sa tête entre les deux seins un peu lourds, mais si doux de Lili. À son tour elle le déshabille. Son sexe se dresse fièrement au milieu d'une toison rousse. Son corps maigre est encore celui d'un adolescent et sa peau... Elle ne se lasse pas de le humer, de le flairer dans les coins les plus ombreux, avec délices, comme une chatte reconnaissant ses petits. Ce petit-là, si doux, si menu, si délicat, au sexe mignon, si fier, si arrogant, sent le nourrisson. S'il était plus âgé elle le lui dirait en riant, mais il est si jeune. La moindre allusion à son âge risque de l'effaroucher, de le faire s'enfuir. Et ça, elle ne le veut pas. Ils font l'amour, ou plutôt, elle lui fait l'amour, doucement, et le garçon, confiant, se laisse conduire jusqu'au plaisir.

Privilège de la jeunesse, il manifeste à nouveau un désir évident. Cette fois, Lili pense davantage à elle-même et éprouve un plaisir si mêlé de tendresse que les larmes lui viennent aux yeux.

Après ce deuxième assaut, le petit s'est endormi. Lili se défend mal d'une émotion qu'elle juge déplacée, incongrue, idiote. Qu'a-t-il de plus que les autres jeunots rencontrés au fil des années ? Il va sûrement à son réveil lui demander de l'argent. Quand on a vingt ans, on ne va pas dans les dancings ouverts l'après-midi dans d'autre but que de lever la rombière qui casquera pour croire qu'elle est encore baisable. Lili s'en veut de ces mauvaises pensées et surtout d'être attendrie par ce gigolo.

Le gigolo a ouvert les yeux, il sourit et, attirant Lili, lui prouve une nouvelle fois qu'elle est désirable. « Il veut m'en donner pour mon argent », pense-t-elle avant de se laisser aller au plaisir qui monte en elle.

Quand elle sort de la salle de bains, recoiffée, légèrement maquillée, enveloppée dans une gandoura de laine blanche, le garçon s'est déjà rhabillé. Elle fouille dans son sac à main et lui tend plusieurs billets de cent francs. Le garçon recule avec un geste de colère en rougissant.

— Pour qui me prenez-vous ?

Tiens, il parle comme une femme que l'on aborde dans la rue.

— Prends, tu t'achèteras des cigarettes.

Il s'approche d'elle à la toucher et la regarde méchamment.

— C'est moi qui devrais vous payer. Mais je n'en ai pas les moyens.

Il s'incline, lui baise la main et s'en va.

Elle reste là, comme une idiote, les billets au bout de sa main tendue. Elle voudrait courir derrière lui, lui demander pardon de sa maladresse. Lui dire qu'elle aimerait le revoir. Elle va à sa fenêtre, le regarde traverser la rue et disparaître dans la bouche du métro.

— Merci, petit, murmure-t-elle.

Elle replace les billets dans son sac, s'assied devant sa coiffeuse et se regarde longuement, sans indulgence et sans pitié. Une larme coule sur sa joue, laissant une trace claire sur le maquillage.

(Extrait du recueil
Lola et quelques autres)

Régine Deforges

Née en 1935 dans le Poitou, élevée dans des institutions religieuses, Régine Deforges fait très tôt des livres son univers d'élection, tout à tour libraire, relieur, éditeur, scénariste, réalisateur, écrivain.

Sa volonté de liberté d'expression lui vaut bien des déboires : première maison d'édition, L'Or du temps, créée en 1968, et de suite, premier livre saisi, *Irène*, attribué à Aragon. Bien d'autres feront l'objet d'interdictions diverses.

Elle publie aussi ses entretiens avec l'auteur d'*Histoire d'O* : *O m'a dit*. Dans une préface à son recueil de nouvelles érotiques, *Lola et quelques autres*, dont est extrait le texte publié ici, elle se déclare d'ailleurs « convaincue que tout écrivain devrait écrire son érotique. Il y apprendrait bien des choses sur lui-même et sur son travail ».

Mais ce n'est là bien sûr qu'une facette d'une personnalité foisonnante de talents. Sait-on que, amateur de broderie, Régine Deforges a réalisé sur ce sujet, en collaboration avec Geneviève Dormann, deux albums, *Le Livre du point de croix* et *Marquoirs* ? Ou encore que, aimant à cuisiner pour ses amis les bonnes recettes de son terroir, elle les a finalement publiées sous le titre *Ma Cuisine* ?

Pour les enfants, Régine Deforges a aussi publié plusieurs contes, illustrés par elle-même : *L'Apocalypse selon saint Jean, Léa au pays des dragons, Le Couvent de sœur Isabelle, Léa chez les fantômes.*

Son œuvre de romancière, débutée en 1976 avec *Blanche et Lucie*, a connu, depuis 1982, un immense succès avec la grande fresque romanesque, qui se déroule durant la Seconde Guerre mondiale, de *La Bicyclette bleue* (prix des Maisons de la Presse), puis *101, avenue Henri-Martin* et *Le diable en rit encore*; une trilogie bientôt poursuivie, en 1991, avec *Noir Tango,* en attendant la suite...

Sacrée Barbara
Une femme... ou un mirage?

par

MAURICE DENUZIÈRE

LE BROUILLARD cache toujours une clarté secrète. Hors des drames courants de la circulation, il peut produire des fantômes, retenir un moment dérobé au temps, révéler une évidence que la pleine vision des alentours dilue.

Ce soir-là, entre Perth et Inverness, la brume écossaise, ouate tendre, devint soudain si dense qu'une automobile aveugle dut se ranger, à tâtons, devant une auberge. Celle-ci, construction née de la nuit et du brouillard, apparut à point nommé aux voyageurs.

Suspendue à une potence de fer comme un pendu à son gibet, une enseigne découpée dans la tôle se balançait en grinçant au-dessus de la porte, vaguement éclairée par un petit projecteur adroitement orienté. Elle représentait une chauve-souris aux ailes déployées, rouge aux yeux dorés. Le haut de la façade se perdait dans l'obscurité. Le peu qu'on voyait paraissait boursouflé comme une vieille valise ayant beaucoup voyagé. On distinguait à peine, au-dessus de la porte, les mots *The Red Bat* à demi effacés.

— Je crois, Monsieur, que nous devrons passer la nuit ici, dit le chauffeur à livrée grise en se retournant vers l'unique passager de la vieille Daimler.

L'interpellé, un Français, invité à une semaine de chasse, appréciait fort le cuir patiné et le palissandre vernissé des automobiles d'autrefois. Il ne manifesta aucune contrariété.

— Je vais vous installer, dit le chauffeur en ouvrant la portière, puis je téléphonerai à sir John.

La réceptionniste, une paysanne venue à l'hôtellerie, conduisit l'arrivant dans une chambre au premier étage. Elle crut flatteur pour son établissement de préciser qu'il s'agissait de la meilleure et de la plus historique des chambres de l'auberge. Le docteur Samuel Johnson y avait passé une nuit, en 1773, lors de son voyage en Écosse et aux Hébrides. James Boswell, son futur biographe, l'accompagnait. Il avait dormi dans la chambre voisine. Le voyageur estima aussitôt que les seules additions faites au local depuis le xviiie siècle devaient être un lavabo dissimulé derrière un paravent et l'électricité.

Un peu plus tard, apportant la valise et les fusils de l'invité de son maître, le chauffeur pronostiqua pour le lendemain « un temps idéal qui fera lever la grouse ».

C'était une manière de consolation. Le voyageur tira de sa valise sa trousse de toilette et son pyjama. Le matelas lui parut aussi dur qu'il pouvait le souhaiter.

Sans être fataliste comme un musulman, Frédéric Crudel avait toujours accepté, avec une certaine curiosité, les choix arbitraires du destin. Il s'appliquait, plus encore depuis un an, à conserver en toute circonstance « l'immobilité de l'axe de la roue qui tourne » conseillée par Charles Morgan. L'écrivain anglais lui avait enseigné que l'action et la contemplation ne sont pas incompatibles.

En se rendant à la partie de chasse annuelle de son vieil ami de la Navy, sir John Maddox, il avait rencontré le brouillard, qui est à l'Écosse ce que le soleil est aux Caraïbes.

Dans une auberge écossaise, le dîner est vite expédié. La soirée s'annonçait donc longue quand Crudel se retrouva dans le *lounge*, devant un feu de bois crépitant, un verre de vieux whisky à portée de main. Il s'empara de *The Scotsman* et du *Edinburgh Evening Current* posés sur un guéridon. Il pensait rester seul au salon, comme il l'avait été à la salle à manger, quand un homme jeune, vêtu d'un costume de tweed, vint s'adosser à la cheminée en se frottant les mains frileusement. Crudel redoutait plus que tout d'être entraîné dans une de ces conversations, à base de

considérations météorologiques, où tout
citoyen britannique excelle, spécialement
par temps de brouillard. Quand l'inconnu
lui adressa la parole, il ne manifesta nul
empressement à lui répondre.

— Mon nom est Cyril Barker. Intercepté
comme vous par le *fog*, dit l'homme en
s'inclinant. Je compte prendre la route dès
que le brouillard se sera dissipé car je suis
engagé dans le tournoi de golf de Dor-
noch ! Connaissez-vous les *links* de Dor-
noch ? Ils valent ceux de Saint Andrews !

Crudel finit par se nommer, mais sans
lâcher son journal. Il ne jouait pas au golf,
n'avait jamais arpenté les *greens* de Dor-
noch, ni ceux de Saint Andrews.

— Nous ne nous sommes jamais rencontrés, reprit aussitôt l'inconnu, aban-
donnant l'anglais pour le français, mais
j'aimerais vous demander, monsieur, de
quel métal est fait le bijou en forme
d'étoile qui pend à votre châtelaine.

Cette question, Crudel n'aimait pas
l'entendre. Le petit objet, attaché par une
chaîne d'or blanc à sa montre de gousset,
éveillait toujours la curiosité des gens.

— C'est du platine tout simplement,
dit-il.

Il pensait en être quitte, mais M. Barker
prit place dans un fauteuil et se mit à le
fixer d'étrange façon. Son regard n'avait
rien d'insolent. Crudel le trouva plutôt
amical et incrédule.

— Je ne pense pas que ce soit du platine, monsieur. Peut-être ne savez-vous pas vous-même quel est ce métal et peut-être avez-vous pris l'habitude de répondre « platine » pour décourager les importuns ?

— C'est exact, je tiens à décourager les importuns, répliqua un peu sèchement Crudel.

Barker ne parut pas remarquer le ton désobligeant.

— Il se trouve, monsieur, que je suis ingénieur métallurgiste..., spécialiste des alliages rares... Je pourrais vous aider... mais peut-être préférez-vous continuer à ignorer l'origine de ce précieux métal ?

Crudel abandonna son journal. De l'inconnu, de son regard et de sa voix, surtout, émanait une autorité dont il avait du mal à se défendre. L'homme se doutait-il qu'il venait de ranimer un souvenir datant exactement d'un an ? Celui d'une autre nuit du 31 octobre au 1ᵉʳ novembre, toute pareille à la nuit écossaise, mais vécue de l'autre côté de l'océan Atlantique, aux États-Unis. Une nuit inoubliable dont Frédéric Crudel souhaitait justement éluder l'anniversaire, bien que sa vie en ait été définitivement bouleversée.

— Pouvez-vous, s'il vous plaît, me montrer votre châtelaine, monsieur ? insista soudain Barker.

Sans trop savoir pourquoi, sans même

accepter vraiment d'accomplir le geste demandé, Frédéric Crudel tira sa montre de la poche de son gilet. Un instant, ainsi qu'il le faisait cent fois par jour, il considéra l'étoile aux branches inégales. Comme toujours quand il avait la main tiède, l'objet lui parut glacé. Il le trouvait presque brûlant quand sa main était fraîche. Et cependant, il connaissait la température immuable de l'étoile. Elle avait été mesurée à plusieurs reprises en laboratoire. Quelle que soit l'atmosphère ambiante, elle ne variait pas : 33 degrés centigrades.

Frédéric Crudel finit par faire jouer le mousqueton et tendit la châtelaine à Barker. Ce dernier reçut le bijou dans ses mains jointes et ouvertes avec un respect qui aurait paru exagéré à quiconque mais que le Français apprécia. Le joueur de golf ne fit aucune remarque sur la fraîcheur exceptionnelle du métal. Il examina l'étoile, ses cinq branches de longueurs différentes, vérifia le piquant de chaque pointe. Plutôt qu'à une étoile, l'objet ressemblait à un éclat plat, d'un poli inaltérable, où le moindre reflet de lumière prenait une intensité plus riche et plus violente qu'à travers le diamant.

Son examen terminé, Barker rendit l'objet et fixa Crudel d'un regard intense, presque douloureux, comme s'il s'agissait de donner aux mots qu'il allait prononcer une force particulière.

— Je sais ce dont il s'agit. Ce n'est pas un métal de ce monde, monsieur, ni d'aucun autre... mais si vous acceptez encore de me dire comment cet objet est venu en votre possession, peut-être pourrai-je vous délivrer du doute où vous vivez depuis...

— ... Depuis un an, monsieur, jour pour jour ou plutôt nuit pour nuit, dit Crudel qui maintenant accordait à l'inconnu une confiance qu'il n'avait jamais donnée à personne.

Était-il possible que cet homme puisse savoir ce que nul ne peut connaître ?

— Je suis d'une discrétion... définitive, monsieur, répondit Barker comme s'il avait deviné une ultime réticence chez son interlocuteur.

Alors, sous les poutres enfumées du salon, où résonnait le tic-tac d'une grosse horloge, dans cette arche isolée par le brouillard des Highlands, Crudel qui n'avait jamais confié à quiconque son secret, se mit à parler :

— L'an dernier, j'ai dû me rendre aux États-Unis pour visiter une série de barrages de la Tennessee Authority Valley et des centrales hydro-électriques. Nous étions une douzaine d'ingénieurs français et japonais, tous spécialistes des turbines verticales. Pendant la journée nous visitions des barrages et des usines, nous comparions des données techniques.

Chaque soir, nous étions conviés à des cocktails, à des dîners, à des *parties* comme disent les Américains. Le climat était amical, même chaleureux et détendu. Les Américains nous présentaient leurs amis, leurs épouses et aussi les amies de celles-ci, mobilisées pour être les cavalières des étrangers. Tout cela sans équivoque, vous l'imaginez.

« C'est au cours d'une de ces soirées qu'elle apparut. Elle s'appelait Barbara. Tout de suite, je remarquai ses cheveux blonds, strictement coiffés en chignon, son visage lisse, son teint mat, curieusement monochrome et dénué de fard. Et aussi ses yeux violets, immenses. Elle ne souriait pas et personne ne semblait la connaître dans ce salon où nous prenions un verre avant le repas.

« Elle s'approcha du buffet, commanda un *whisky sour* et posa son regard sur moi. Quand je dis posa, je devrais plutôt dire déposa son regard sur moi, car j'en sentis le poids... comme si le regard d'une femme était pondérable ! Dès lors, je ne la quittai plus des yeux. Un fourreau de velours vert amande moulait un corps mince, équilibré. Son buste tendait l'échancrure du décolleté et je sus plus tard que je pouvais enfermer sa taille dans les deux mains.

« J'eus le sentiment que cette femme était là pour moi. Je l'approchai et me présentai. Je dus lui faire répéter son prénom tant sa voix était basse, comme exténuée. Quand elle me tendit la main, je ne pus retenir un sursaut de répulsion. Ses doigts et sa paume me parurent d'une fraîcheur anormale. J'eus l'impression d'avoir serré la main d'une morte. Elle s'appliquait à parler lentement pour que je comprenne son anglais musical et modulé de femme du Sud. Nous échangeâmes des banalités du genre : " D'où venez-vous ? Que faites-vous dans la vie ? Aimez-vous le fleuve Tennessee ? Connaissez-vous le parc de Pipestem ? Irez-vous jusqu'à Chatta-nooga ? "

« Quand vint le moment de passer à table, notre hôte, un industriel de la région, s'approcha de nous : " Il me paraît difficile de vous séparer de madame, si elle veut bien nous faire l'honneur de partager notre dîner ? " proposa-t-il avec un clin d'œil à mon adresse. La trop galante réputation faite aux Français, outre-Atlantique, provoque toujours chez les Américains ce genre de complicité. Je m'aperçus alors que cette femme, que j'avais prise pour une invitée, était pour tout le monde une inconnue.

« Comme je faisais discrètement part de ma gêne à un confrère américain, il me dit en me tapotant l'épaule : " C'est la nuit de Halloween, la fête des esprits bons et mau-vais. Cette nuit, il faut accueillir tout le monde... On ne sait jamais si l'on ne va pas tomber sur une sorcière! En tout cas, vous avez de la chance, mon vieux, les jolies femmes sont plutôt rares ce soir et cette personne est plus agréable à regarder que les potirons transformés en lanternes grimaçantes que les gamins brandissent au coin des rues! "

« Barbara accepta de dîner à notre table. Elle parla de son pays avec intelligence, des vieilles rivalités du Nord et du Sud qui datent d'avant la guerre de Sécession. Quand nous dansâmes, je m'aperçus que je l'avais accaparée et que personne ne semblait y trouver à redire. Un ingénieur français passant près de nous me lança : " Tu ne t'ennuies pas..., elle est plutôt gironde..., la sirène du Tennessee." Le calembour n'était pas fameux, mais je compris à son sourire que Barbara savait le français.

Frédéric Crudel s'interrompit un instant, prit une gorgée de whisky. Barker demeura silencieux, comme figé.

— Je me demande si je dois poursuivre, murmura l'ingénieur.

— C'est à vous d'en décider, dit Barker. Il faudra bien que vous parliez un jour à quelqu'un qui puisse vous entendre, monsieur..., pour elle et pour vous!

— Oui. Je dois reconnaître que je ressentais pour cette femme une attirance inexplicable. Faites-moi l'honneur de croire que je ne suis pas un coureur de jupons... En dansant, je constatai bientôt que sa joue était aussi froide que sa main. Sous sa peau mate, aucun sang ne semblait circuler. Elle comprit que je m'interrogeais. " Ma température normale est de 33 degrés. Je suis ainsi faite, ne me regardez pas comme si je sortais d'un congélateur. "

« Plus tard, nous nous assîmes à l'écart dans le hall de l'hôtel et nous parlâmes longuement. Je n'ai heureusement pas conservé le souvenir des fadaises que j'ai dû débiter! Quand je l'ai embrassée, ses lèvres, froides et douces, m'ont fait frissonner. Elle s'est blottie dans mes bras sans se soucier d'être vue par nos compagnons. L'attitude de Barbara m'autorisait à espérer une reddition immédiate et sans obstacle. " C'est une de ces riches divorcées qui s'ennuient ", me dis-je en me défendant d'un sentiment complexe, où entrait une part de déception causée par la facilité de la conquête. " Ce sera cette nuit ou jamais, je pars demain ", dis-je, décidé à profiter de la situation. " Pour moi aussi... ce sera cette nuit ou jamais! " répondit-elle.

« Sa voix semblait changée. Elle me parut d'une profonde tristesse et je vis ses yeux pleins de larmes.

À l'évocation de cet instant, Crudel détourna son regard de Barker puis il poursuivit très vite :

— Et c'est elle qui proposa : " Allons nous aimer. "

« Au milieu de la nuit, quand je lui demandai de rester jusqu'à l'heure du petit déjeuner, elle parut hésiter, puis accepta. J'eus l'impression qu'elle m'accordait à ce moment-là bien davantage qu'une nouvelle étreinte. "Quelqu'un vous attend ? Vous devez peut-être rentrer... Je ne veux pas apporter le drame dans votre vie...", dis-je bêtement. "Personne jamais ne m'attend..., personne jamais ne m'attendra", me répondit-elle doucement. Je répliquai avec fougue, comme un amoureux de théâtre : "Si, moi, je vous attendrai. — Taisez-vous, dit-elle, aimons-nous encore."

Barker, les jambes croisées, écoutait avec sympathie, en gentleman qui se retient de marquer un intérêt déplacé au récit d'une bonne fortune.

Crudel se tut un instant. La brève passion qui l'avait uni à Barbara conservait, en dépit des apparences, une étrange pureté. L'harmonie en un instant créée par l'exacte réplique des désirs irradiait à jamais de fraîches résonances. L'univers avait pu tenir tout entier entre deux souffles échangés. La volupté appelée et partagée était redevenue rite originel. Frédéric et Barbara s'étaient engagés totalement dans un amour éclair dont la fulgurance demeurait incommunicable.

Barker attendait respectueusement la suite du récit. Frédéric Crudel s'en aperçut. Le plus incroyable restait à dire.

— Je me souviens d'avoir fait remarquer à Barbara, entre deux baisers, que j'étais comme ensorcelé : " C'est vous qui avez choisi d'organiser cette merveilleuse folie. J'ai l'impression de n'être près de vous que l'instrument de votre volonté. Je n'existais pas... vous m'avez suscité !

— Vous avez deviné, dit-elle, enjouée. Je suis une sorcière ! C'est la nuit de Halloween. Toutes les sorcières sont libres de faire ce qui leur plaît entre minuit et une heure. C'est l'heure zéro. Mais à une heure tout doit rentrer dans l'ordre. "

« Je pris naturellement cela pour une boutade. Qui de nos jours croit aux sorcières ? Nous replongeâmes dans l'étreinte. J'étais déjà accoutumé à ce corps superbe, anormalement frais. Je sais que l'hypothermie est un des symptômes du choléra et qu'elle accompagne parfois la maladie de Parkinson, mais la bonne santé de Barbara paraissait évidente. Son ardeur amoureuse prouvait aussi une résistance rustique à la fatigue, que je n'aurais pas moi-même longtemps soutenue.

« Quand les premières lueurs de l'aube se glissèrent entre les rideaux, je me levai et sortis sur la terrasse qui prolongeait la chambre. Une brume légère montait dans la forêt, le ciel avait la pâleur bleutée et la limpidité des matins de gel. En contrebas, l'esplanade devant le bâtiment était déserte. Des écureuils folâtraient au milieu des feuilles mortes que le vent rassemblait et dispersait avec un bruit de soie froissée.

« Quand je retournai dans la chambre, Barbara dormait encore. Avec une indiscrétion dont j'ai honte aujourd'hui, j'ouvris son sac du soir posé sur un fauteuil. Le mystère de cette rencontre m'exaspérait et je voulais savoir qui était cette femme. La pochette se révéla vide. Rigoureusement vide. Ni mouchoir, ni rouge à lèvres, ni poudrier, ni papiers, ni argent. Le sac n'était qu'un accessoire, sans autre justification que son apparence.

« Barbara s'éveilla tandis que je m'interrogeais. Elle sourit, fit une torsade de ses cheveux, me tendit ses lèvres et réclama un verre d'eau. Quand je revins de la fontaine à soda, installée dans le couloir, elle était vêtue, droite et sereine, dans l'attitude d'une visiteuse qui va prendre congé. Je lui passai le verre, nos mains se heurtèrent, un peu d'eau tomba sur l'accoudoir du fauteuil. " N'importe comment, vous êtes en retard, sorcière, dis-je. Le jour se lève, l'heure zéro s'est écoulée depuis longtemps. — Vraiment ! Regardez donc votre montre, il n'est pas encore une heure du matin ", murmura-t-elle d'une voix à la fois grave et ironique.

« J'allai ramasser ma montre abandonnée sur la coiffeuse. Par réflexe, je l'avais remontée la veille. Les aiguilles indiquaient une heure moins deux minutes, mais la trotteuse marquant les secondes restait immobile. Quand je portai la montre à mon oreille, le tic-tac familier me parvint, fidèle et régulier...

Une nouvelle fois, le narrateur s'interrompit. Sa dernière phrase s'achevait en un murmure, traduisant l'incompréhension d'un phénomène mille fois reconsidéré et disséqué par cet homme dont l'esprit logique rejetait l'irrationnel.

Barker, lui, ne paraissait pas étonné par les confidences du Français.

— Quand je me retournai, reprit ce dernier, Barbara avait disparu. Le vent du matin s'insinuant par la porte-fenêtre entrouverte gonflait les rideaux comme des voiles. Je me précipitai sur la terrasse. Elle était vide. Je me penchai sur l'esplanade, où les feuilles mortes poursuivaient leur ballet désordonné, elle m'apparut déserte. Je ne sais pourquoi je sus à cet instant que je ne reverrais jamais Barbara. Un vague parfum composite, où dominaient la cannelle et le magnolia, flottait dans la chambre. Mes mains, qui avaient caressé le corps de Barbara, en étaient encore imprégnées. J'hésitai à m'en débarrasser sous la douche et je me laissai tomber dans le fauteuil, comme abasourdi par une stupide sensation de solitude. C'est alors qu'en posant mon avant-bras sur l'accoudoir j'effleurai un morceau de métal brillant, dont le contact glacial me rappela la peau de Barbara. Oui, monsieur, cette bizarre étoile que j'ai fait monter en châtelaine est née, n'en doutez pas, des quelques gouttes d'eau répandues par ma mystérieuse compagne une nuit de Halloween !

— Mais je n'en doute pas, monsieur.

— Alors, tenez votre promesse, Barker. Si vous savez quel est ce métal, ce métalloïde, cet alliage, cet amalgame, ce corps simple ou composé, bref, cette matière qui résiste à toutes les analyses..., parlez, je vous en conjure, dit Frédéric Crudel d'une voix ardente.

— Il ne s'agit d'aucune matière connue des hommes. Je ne puis mieux définir l'objet, dont vous êtes sans aucun doute sur cette planète le dépositaire unique et privilégié, qu'en vous disant, monsieur..., c'est un morceau d'âme !

Crudel ne réagit pas. Épuisé, hagard, comme celui qui vient de passer des aveux inconsidérés, sans recevoir en contrepartie la lumière à laquelle il aspire, il se tut. L'effondrement, dans la cheminée, des bûches à demi consumées disloqua le silence.

Barker se leva lentement, se dirigea vers une fenêtre et, soulevant le rideau, jeta un regard à l'extérieur.

— Je dois me remettre en route, monsieur. Le brouillard est moins dense maintenant. Voulez-vous m'accompagner quelques pas ?

Crudel obéit, comme il l'avait fait depuis le début de la soirée et parce qu'il pensa que l'air frais de la nuit lui rendrait la maîtrise de ses pensées. « Un morceau d'âme..., un morceau d'âme... » Il connaissait une nouvelle fois la détresse des êtres floués par des forces avec lesquelles l'humain ordinaire n'est pas de taille à lutter. À jongler avec des mots et des symboles, on perd le sens des réalités.

La nuit paraissait fraîche. Le brouillard avait été aspiré et sur le petit parc de stationnement, éclairé par de frêles lampadaires à arc, des feuilles mortes glissaient entre les automobiles dont les carrosseries embuées ne renvoyaient aucun reflet.

Les deux hommes firent quelques pas, puis s'immobilisèrent.

Barker tendit une main que Crudel serra. Elle était glacée.

— Allez, monsieur..., la nuit est froide, dit le joueur de golf en s'éloignant.

Crudel se dirigea vers l'auberge. Avant de passer la porte, il se retourna vers l'esplanade. La brume se répandait à nouveau sur le décor. Les automobiles alignées n'étaient plus que des masses confuses, les lampadaires ne dispensaient plus dans des halos cotonneux qu'une timide clarté jaune. La voix rieuse et amicale de Barker qui s'éloignait parvint à Crudel au seuil de l'auberge :

— Sacrée Barbara... Sacrée Barbara...

Sacrée Barbara..., répétait-elle comme un écho en passe d'être avalé par le brouillard.

Frédéric Crudel referma la porte sur la nuit et se retrouva seul dans le petit hall de l'hôtel endormi, au pied de l'escalier conduisant aux chambres. Barker parti, il se sentit tristement dégrisé.

« Ridicule... Un morceau d'âme ! Un poète, ce Barker..., et un curieux type tout de même. Venu avec le brouillard, il repart avec lui... Grand bien lui fasse !... »

Machinalement, il porta la main à son gousset pour comparer l'heure de sa montre avec celle indiquée par l'horloge : minuit moins trois minutes. Il sursauta sans pouvoir retenir un cri de dépit. La précieuse étoile, le seul élément palpable et concret de son étrange aventure américaine, ne pendait plus au bout de la châtelaine. Il pensa aussitôt que Barker avait subtilisé le bijou, puis, par réflexe, regarda à ses pieds. Ce qu'il vit le bouleversa.

Sur le parquet ciré s'étalait une minuscule et très banale flaque d'eau en forme d'étoile. Alors, projeté par un fol espoir, il s'élança dans l'escalier et courut vers sa chambre. Comme il posait la main sur la poignée de la porte, il huma l'air. À l'odeur, âcre et familière, du bois brûlé qui montait du salon se mêlait maintenant un parfum composite, où dominaient la cannelle et le magnolia.

(Extrait du recueil
La Trahison des Apparences)

Maurice Denuzière

L'écriture, Maurice Denuzière en a très vite fait son métier. Né en 1926 à Saint-Étienne, il devient, après avoir un temps servi dans l'aéronautique navale, journaliste puis grand reporter, notamment à *France-Soir* puis au *Monde*, quotidien qu'il a quitté en 1978.

L'année précédente, en 1977, il avait publié *Louisiane*, couronné par le prix Alexandre-Dumas et le prix des Maisons de la Presse, et surtout par un formidable succès populaire.

C'était le début d'une grande saga qui devait se poursuivre avec *Fausse-Rivière, Bagatelle, Les Trois Chênes* et *L'Adieu au Sud*. Il est vrai, confie en 1987 Maurice Denuzière à la revue littéraire *N comme Nouvelles*, « qu'on n'écrit bien que sur un sujet qu'on aime ». Maurice Denuzière ne s'arrache alors pas volontiers à son sujet de prédilection, et pour faire partager sa passion, il publie aussi un ouvrage purement historique, sans aucune fiction, consacré à la découverte et à la colonisation de la Lousiane, *Je te nomme Louisiane*. Et encore, en collaboration avec son épouse, Jacqueline Denuzière, un album illustré, *La Louisiane du coton au pétrole*. Reconnaissante, l'université d'État de Louisiane lui a conféré, a conféré, en 1989, le titre de docteur *honoris causa* en Lettres humaines.

Maurice Denuzière a publié une quinzaine de romans, humoristiques et historiques. Il a ainsi conservé, romancier, le double registre qui était le sien lorsque, grand reporter, il écrivait aussi une rubrique humoristique hebdomadaire. Son dernier roman humoristique, *L'Amour flou*, est dédié aux femmes à lunettes.

Il est l'auteur de nombreux autres ouvrages, notamment un essai sur le troisième âge, de récits de voyages, de nouvelles, et d'un conte qui se déroule dans la région stéphanoise, *Alerte en Stéphanie*.

Maurice Denuzière se consacre aujourd'hui à un nouveau cycle romanesque, helvétique celui-là : après *Helvétie*, paru en 1992, puis *Rive-Seine*, un troisième volume est annoncé pour 1996.

La nouvelle fantastique publiée ici illustre un autre aspect de son talent : une poésie exquise.

Le Faux

par
ROMAIN GARY

VOTRE Van Gogh est un faux.

S... était assis derrière son bureau, sous sa dernière acquisition : un Rembrandt qu'il venait d'enlever de haute lutte à la vente de New York, où les plus grands musées du monde avaient fini par se reconnaître battus. Effondré dans un fauteuil, Baretta, avec sa cravate grise, sa perle noire, ses cheveux tout blancs, l'élégance discrète de son complet de coupe stricte et son monocle luttant en vain contre sa corpulence et la mobilité méditerranéenne des traits empâtés, prit sa pochette et s'épongea le front.

— Vous êtes le seul à le proclamer partout. Il y a eu quelques doutes, à un moment... Je ne le nie pas. J'ai pris un risque. Mais aujourd'hui, l'affaire est tranchée : le portrait est authentique. La manière est incontestable, reconnaissable dans chaque touche de pinceau...

S... jouait avec un coupe-papier en ivoire, d'un air ennuyé.

— Eh bien, où est le problème, alors? Estimez-vous heureux de posséder ce chef-d'œuvre.

— Tout ce que je vous demande, c'est de ne pas vous prononcer. Ne jetez pas votre poids dans la balance.

S... sourit légèrement.

— J'étais représenté aux enchères... Je me suis abstenu.

— Les marchands vous suivent comme des moutons. Ils craignent de vous irriter. Et puis, soyons francs : vous contrôlez les plus grands financièrement...

— On exagère, dit S... J'ai pris simplement quelques précautions pour m'assurer une certaine priorité dans les ventes...

Le regard de Baretta était presque suppliant.

— Je ne vois pas ce qui vous a dressé contre moi dans cette affaire.

— Mon cher ami, soyons sérieux. Parce que je n'ai pas acheté ce Van Gogh, l'avis des experts mettant en doute son authenticité a évidemment pris quelque relief. Mais si je l'avais acheté, il vous aurait échappé. Alors? Que voulez-vous que je fasse, exactement?

— Vous avez mobilisé contre ce tableau tous les avis autorisés, dit Baretta. Je suis au courant : vous mettez à démontrer qu'il s'agit d'un faux toute l'influence que vous possédez. Et votre influence est grande, très grande. Il vous suffirait de dire un mot...

S... jeta le coupe-papier en ivoire sur la table et se leva.

— Je regrette, mon cher. Je regrette infiniment. Il s'agit d'une question de principe que vous devriez être le premier à comprendre. Je ne me rendrai pas complice d'une supercherie, même par abstention. Vous avez une très belle collection et vous devriez reconnaître tout simplement que vous vous êtes trompé. Je ne transige pas sur les questions d'authenticité. Dans un monde où le truquage et les fausses valeurs triomphent partout, la seule certitude qui nous reste est celle des chefs-d'œuvre. Nous devons défendre notre société contre les faussaires de toute espèce. Pour moi, les œuvres d'art sont sacrées, l'authenticité pour moi est une religion... Votre Van Gogh est un faux. Ce génie tragique a été suffisamment trahi de son vivant — nous pouvons, nous devons le protéger au moins contre les trahisons posthumes.

— C'est votre dernier mot ?

— Je m'étonne qu'un homme de votre honorabilité puisse me demander de me rendre complice d'une telle opération...

— Je l'ai payé trois cent mille dollars, dit Baretta.

S... eut un geste dédaigneux.

— Je sais, je sais... Vous avez fait délibérément monter le prix des enchères : car enfin, si vous l'aviez eu pour une bouchée de pain... C'est vraiment cousu de fil blanc.

— En tout cas, depuis que vous avez eu quelques paroles malheureuses, les mines embarrassées que les gens prennent en regardant mon tableau... Vous devriez quand même comprendre...

— Je comprends, dit S..., mais je n'approuve pas. Brûlez la toile, voilà un geste qui rehausserait non seulement le prestige de votre collection, mais encore votre réputation d'homme d'honneur. Et, encore une fois, il ne s'agit pas de vous : il s'agit de Van Gogh.

Le visage de Baretta se durcit. S... y reconnut une expression qui lui était familière : celle qui ne manquait jamais de venir sur le visage de ses rivaux en affaires lorsqu'il les écartait du marché. À la bonne heure, pensa-t-il ironiquement, c'est ainsi que l'on se fait des amis... Mais l'affaire mettait en jeu une des rares choses qui lui tenaient vraiment à cœur et touchait à un de ses besoins les plus profonds : le besoin d'authenticité. Il ne s'attardait jamais à s'interroger, et il ne s'était jamais demandé d'où lui venait cette étrange nostalgie. Peut-être d'une absence totale d'illusions : il savait qu'il ne pouvait avoir confiance en personne, qu'il devait tout à son extraordinaire réussite financière, à la puissance acquise, à l'argent, et qu'il vivait entouré d'une hypocrisie feutrée et confortable qui éloignait les rumeurs du monde, mais qui n'absorbait pas entièrement tous les échos insidieux. « La plus belle collection privée de Greco, cela ne lui suffit pas... Il faut encore qu'il aille disputer le Rembrandt aux musées américains. Pas mal, pour un petit va-nu-pieds de Smyrne qui volait aux étalages et vendait des cartes postales obscènes dans le port... Il est bourré de complexes, malgré les airs assurés qu'il se donne : toute cette poursuite des chefs-d'œuvre n'est qu'un effort pour oublier ses origines. » Peut-être avait-on raison. Il y avait si longtemps qu'il s'était un peu perdu de vue — il ne savait même plus lui-même s'il pensait en anglais, en turc, ou en arménien — qu'un objet d'art immuable dans son identité lui inspirait cette piété que seules peuvent éveiller dans les âmes inquiètes les certitudes absolues. Deux châteaux en France, les plus somptueuses demeures à New York, à Londres, un goût impeccable, les plus flatteuses décorations, un passeport britannique — et cependant il suffisait de cette trace d'accent chantant qu'il conservait dans les sept langues qu'il parlait couramment et d'un type physique qu'il est convenu d'appeler « levantin », mais que l'on retrouve pourtant aussi sur les figures sculptées des plus hautes époques de l'art, de Sumer à l'Égypte et de l'Assur à l'Iran, pour qu'on le soupçonnât hanté par un obscur sentiment d'infériorité sociale — on n'osait plus dire « raciale » — et, parce que sa flotte mar-

chande était aussi puissante que celle des
Grecs et que dans ses salons les Titien et
les Vélasquez voisinaient avec le seul Ver-
meer authentique découvert depuis les
faux de Van Maageren, on murmurait que,
bientôt, il serait impossible d'accrocher
chez soi une toile de maître sans faire
figure de parvenu. S... n'ignorait rien de
ces flèches d'ailleurs fatiguées qui sif-
flaient derrière son dos et qu'il acceptait
comme des égards qui lui étaient dus : il
recevait trop bien pour que le Tout-Paris
lui refusât ses informateurs. Ceux-là même
qui recherchaient avec le plus d'empressement sa compagnie, afin de passer à bon
compte des vacances agréables à bord de
son yacht ou dans sa propriété du Cap-
d'Antibes, étaient les premiers à se gausser
du luxe ostentatoire dont ils étaient aussi
naturellement les premiers à profiter, et
lorsqu'un restant de pudeur ou simplement l'habileté les empêchaient de pratiquer trop ouvertement ces exercices de
rétablissement psychologique, ils savaient
laisser percer juste ce qu'il fallait d'ironie
dans leurs propos pour reprendre leurs
distances, entre deux invitations à dîner.
Car S... continuait à les inviter : il n'était
dupe ni de leurs flagorneries ni de sa
propre vanité un peu trouble qui trouvait
son compte à les voir graviter autour de
lui. Il les appelait « mes faux », et lorsqu'ils
étaient assis à sa table ou qu'il les voyait,

par la fenêtre de sa villa, faire du ski nautique derrière les vedettes rapides qu'il mettait à leur disposition, il souriait un peu et levait les yeux avec gratitude vers quelque pièce rare de sa collection dont rien ne pouvait atteindre ni mettre en doute la rassurante authenticité.

Il n'avait mis dans sa campagne contre le Van Gogh de Baretta nulle animosité personnelle : parti d'une petite épicerie de Naples pour se trouver aujourd'hui à la tête du plus grand trust d'alimentation d'Italie, l'homme lui était plutôt sympathique. Il comprenait ce besoin de couvrir la trace des gorgonzolas et des salamis sur ses murs par des toiles de maîtres, seuls blasons dont l'argent peut encore chercher à se parer. Mais le Van Gogh était un faux. Baretta le savait parfaitement. Et puisqu'il s'obstinait à vouloir prouver son authenticité en achetant des experts ou leur silence, il s'engageait sur le terrain de la puissance pure et méritait ainsi une leçon de la part de ceux qui montaient encore bonne garde autour de la règle du jeu.

— J'ai sur mon bureau l'expertise de Falkenheimer, dit S... Je ne savais trop quoi en faire, mais après vous avoir écouté... Je la communique dès aujourd'hui aux journaux. Il ne suffit pas, cher ami, de pouvoir s'acheter de beaux tableaux : nous avons tous de l'argent. Encore faut-il témoigner aux œuvres

authentiques quelque simple respect, à
défaut de véritable piété... Ce sont après
tout des objets de culte.

Baretta se dressa lentement hors de son
fauteuil. Il baissait le front et serrait les
poings. S... observa l'expression implaca-
cable, meurtrière, de sa physionomie avec
plaisir : elle le rajeunissait. Elle lui rappelait l'époque où il fallait arracher de haute
lutte chaque affaire à un concurrent — une
époque où il avait encore des concurrents.

— Je vous revaudrai ça, gronda l'Italien.
Vous pouvez compter sur moi. Nous avons
parcouru à peu près le même chemin dans
la vie. Vous verrez que l'on apprend dans
les rues de Naples des coups aussi foireux
que dans celles de Smyrne.

Il se rua hors du bureau. S... ne se sentait pas invulnérable, mais il ne voyait
guère quel coup un homme, fût-il
richissime, pouvait encore lui porter. Il
alluma un cigare, cependant que ses pensées faisaient, avec cette rapidité à laquelle
il devait sa fortune, le tour de ses affaires,
pour s'assurer que tous les trous étaient
bien bouchés et l'étanchéité parfaite.
Depuis le règlement à l'amiable du conflit
qui l'opposait au fisc américain et l'établissement à Panama du siège de son
empire flottant, rien ni personne ne pouvait plus le menacer. Et cependant, la
conversation avec Baretta lui laissa un
léger malaise : toujours cette insécurité

secrète qui l'habitait. Il laissa son cigare dans le cendrier, se leva et rejoignit sa femme dans le salon bleu. Son inquiétude ne s'estompait jamais entièrement, mais lorsqu'il prenait la main d'Alfiera dans la sienne ou qu'il effleurait des lèvres sa chevelure, il éprouvait un sentiment qu'à défaut de meilleure définition il appelait « certitude » : le seul instant de confiance absolue qu'il ne mît pas en doute au moment même où il le goûtait.

— Vous voilà enfin, dit-elle.

Il se pencha sur son front.

— J'étais retenu par un fâcheux... Eh bien, comment cela s'est-il passé ?

— Ma mère nous a naturellement traînés dans les maisons de couture, mais mon père s'est rebiffé. Nous avons fini au musée de la Marine. Très ennuyeux.

— Il faut savoir s'ennuyer un petit peu, dit-il. Sans quoi les choses perdent de leur goût...

Les parents d'Alfiera étaient venus la voir d'Italie. Un séjour de trois mois : S... avait, courtoisement mais fermement, retenu un appartement au Ritz.

Il avait rencontré sa jeune femme à Rome, deux ans auparavant, au cours d'un déjeuner à l'ambassade du Liban. Elle venait d'arriver de leur domaine familial de Sicile où elle avait été élevée et qu'elle quittait pour la première fois, et, chaperonnée par sa mère, avait en quelques

semaines jeté l'émoi dans une société
pourtant singulièrement blasée. Elle avait
alors à peine dix-huit ans et sa beauté était
rare, au sens propre du mot. On eût dit que
la nature l'avait créée pour affirmer sa sou-
veraineté et remettre à sa place tout ce que
la main de l'homme avait accompli. Sous
une chevelure noire qui paraissait prêter à
la lumière son éclat plutôt que le recevoir,
le front, les yeux, les lèvres étaient dans
leur harmonie comme un défi de la vie à
l'art, et le nez, dont la finesse n'excluait
cependant pas le caractère ni la fermeté,
donnait au visage une touche de légèreté
qui le sauvait de cette froideur qui va
presque toujours de pair avec la recherche
trop délibérée d'une perfection que seule la
nature, dans ses grands moments d'inspi-
ration ou dans les mystérieux jeux du
hasard, parvient à atteindre, ou peut-être à
éviter. Un chef-d'œuvre : tel était l'avis una-
nime de ceux qui regardaient le visage
d'Alfiera.

Malgré tous les hommages, les compli-
ments, les soupirs et les élans qu'elle susci-
tait, la jeune fille était d'une modestie et
d'une timidité dont les bonnes sœurs du
couvent où elle avait été élevée étaient sans
doute en partie responsables. Elle paraissait toujours embarrassée et surprise par
ce murmure flatteur qui la suivait partout ;
sous les regards fervents que même les
hommes les plus discrets ne pouvaient

empêcher de devenir un peu trop insis-
tants, elle pâlissait, se détournait, pressait
le pas, et son expression trahissait un
manque d'assurance et même un désarroi
assez surprenants chez une enfant aussi
choyée ; il était difficile d'imaginer un être
à la fois plus adorable et moins conscient
de sa beauté.

S... avait vingt-deux ans de plus
qu'Alfiera, mais ni la mère de la jeune fille,
ni son père, un de ces ducs qui foisonnent
dans le sud de l'Italie et dont le blason
désargenté n'évoque plus que quelques
restes de *latifundia* mangés par les chèvres,
ne trouvèrent rien d'anormal à cette dif-
férence d'âge ; au contraire, la timidité
extrême de la jeune fille, son manque de
confiance en elle-même dont aucun hom-
mage, aucun regard éperdu d'admiration
ne parvenait à la guérir, tout paraissait re-
commander l'union avec un homme expé-
rimenté et fort ; et la réputation de S... à
cet égard n'était plus à faire. Alfiera elle-
même acceptait la cour qu'il lui faisait
avec un plaisir évident et même avec gratitude. Il n'y eut pas de fiançailles et le
mariage fut célébré trois semaines après
leur première rencontre. Personne ne
s'attendait que S... se « rangeât » si vite et
que cet « aventurier », ainsi qu'on l'appelait, sans trop savoir pourquoi, ce
« pirate » toujours suspendu aux fils télé-
phoniques qui le reliaient à toutes les

Bourses du monde, pût devenir en un tour
de main un mari aussi empressé et dévoué,
qui consacrait plus de temps à la compagnie de sa jeune femme qu'à ses affaires ou
à ses collections. S... était amoureux, sincèrement et profondément, mais ceux qui
se targuaient de bien le connaître et qui se
disaient d'autant plus volontiers ses amis
qu'ils le critiquaient davantage, ne manquaient pas d'insinuer que l'amour n'était
peut-être pas la seule explication de cet air
de triomphe qu'il arborait depuis son
mariage et qu'il y avait dans le cœur de cet
amateur d'art une joie un peu moins pure :
celle d'avoir enlevé aux autres un chef-
d'œuvre plus parfait et plus précieux que
tous ses Vélasquez et ses Greco. Le couple
s'installa à Paris, dans l'ancien hôtel des
ambassadeurs d'Espagne, au Marais. Pendant six mois, S... négligea ses affaires, ses
amis, ses tableaux ; ses bateaux conti-
nuaient à sillonner les océans et ses repré-
sentants aux quatre coins du monde ne
manquaient pas de lui câbler les rapports
sur leurs trouvailles et les grandes ventes
qui se préparaient, mais il était évident que
rien ne le touchait en dehors d'Alfiera ; son
bonheur avait une qualité qui paraissait
réduire le monde à l'état d'un satellite lointain et dépourvu d'intérêt.

— Vous semblez soucieux.

— Je le suis. Il n'est jamais agréable de
frapper un homme qui ne vous a rien fait

personnellement à son point le plus sensible : la vanité... C'est pourtant ce que je vais faire.

— Pourquoi donc ?

La voix de S... monta un peu et, comme toujours lorsqu'il était irrité, la trace d'accent chantant devint plus perceptible.

— Une question de principe, ma chérie. On essaie d'établir, à coups de millions, une conspiration de silence autour d'une œuvre de faussaire, et si nous n'y mettons pas bon ordre, bientôt personne ne se souciera plus de distinguer le vrai du faux et les collections les plus admirables ne signifieront plus rien...

Il ne put s'empêcher de faire un geste emphatique vers un paysage du Caire, de Bellini, au-dessus de la cheminée. La jeune femme parut troublée. Elle baissa les yeux et une expression de gêne, presque de tristesse, jeta une ombre sur son visage. Elle posa timidement la main sur le bras de son mari.

— Ne soyez pas trop dur...

— Il le faut bien, parfois.

Ce fut un mois environ après que le point final eut été mis à la dispute du « Van Gogh inconnu » par la publication dans la grande presse du rapport écrasant du groupe d'experts sous la direction de Falkenheimer que S... trouva dans son courrier une photo que nulle explication n'accompagnait. Il la regarda distraitement. C'était le visage d'une très jeune fille dont le trait le plus remarquable était un nez en bec d'oiseau de proie particulièrement déplaisant. Il jeta la photo dans la corbeille à papier et n'y pensa plus. Le lendemain, une nouvelle copie de la photo lui parvint, et, au cours de la semaine qui suivit, chaque fois que son secrétaire lui apportait le courrier, il trouvait le visage au bec hideux qui le regardait. Enfin, en ouvrant un matin l'enveloppe, il découvrit un billet tapé à la machine qui accompagnait l'envoi. Le texte disait simplement : « Le chef-d'œuvre de votre collection est un faux. » S... haussa les épaules : il ne voyait pas en quoi cette photo grotesque pouvait l'intéresser et ce qu'elle avait à voir avec sa collection. Il allait déjà la jeter lorsqu'un doute soudain l'effleura : les yeux, le dessin des lèvres, quelque chose dans l'ovale du visage venait de lui rappeler vaguement Alfiera. C'était ridicule : il n'y avait vraiment aucune ressemblance réelle, à peine un lointain air de parenté. Il examina l'enveloppe : elle était datée d'Italie. Il se rappela que sa femme avait en Sicile d'innombrables cousines qu'il entretenait depuis des années. S... se proposa de lui en parler. Il mit la photo dans sa poche et l'oublia. Ce fut seulement au cours du dîner, ce soir-là — il avait convié ses beaux-parents qui partaient le lendemain — que la vague ressemblance lui revint à la mémoire. Il prit la photo et la tendit à sa femme.

— Regardez, ma chérie. J'ai trouvé cela dans le courrier ce matin. Il est difficile d'imaginer un appendice nasal plus malencontreux...

Le visage d'Alfiera devint d'une pâleur extrême. Ses lèvres tremblèrent, des larmes emplirent ses yeux ; elle jeta vers son père un regard implorant. Le duc, qui était aux prises avec son poisson, faillit s'étouffer. Ses joues se gonflèrent et devinrent cramoisies. Ses yeux sortaient des orbites, sa moustache épaisse et noire, soigneusement teinte, qui eût été beaucoup plus à sa place sur le visage de quelque carabinier que sur celui d'un authentique descendant du roi des Deux-Siciles, dressa ses lances, prête à charger ; il émit quelques grognements furieux, porta sa serviette à ses lèvres, et parut si visiblement incommodé que le maître d'hôtel se pencha vers lui avec sollicitude. La duchesse, qui venait d'émettre un jugement définitif sur la dernière performance de la Callas à l'Opéra, demeura la bouche ouverte et la fourchette levée ; sous la masse de cheveux roux, son visage trop poudré se décomposa et partit à la recherche de ses traits parmi les bourrelets de graisse. S... s'aperçut brusquement avec un certain étonnement que le nez de sa belle-mère, sans être aussi grotesque que

celui de la photo, n'était pas sans avoir
avec ce dernier quelque ressemblance : il
s'arrêtait plus tôt, mais il allait incontes-
tablement dans la même direction. Il le
fixa avec une attention involontaire, et ne
put s'empêcher ensuite de porter son
regard avec quelque inquiétude vers le
visage de sa femme : mais non, il n'y avait
vraiment dans ces traits adorables aucune
similitude avec ceux de sa mère, fort heureusement. Il posa son couteau et sa fourchette, se pencha, prit la main d'Alfiera
dans la sienne.

— Qu'y a-t-il, ma chérie ?

— J'ai failli m'étouffer, voilà ce qu'il y a,
dit le duc, avec emphase. On ne se méfie
jamais assez avec le poisson. Je suis
désolé, mon enfant, de t'avoir causé cette
émotion...

— Un homme de votre situation doit
être au-dessus de cela, dit la duchesse,
apparemment hors de propos, et sans que
S... pût comprendre si elle parlait de l'arête
ou reprenait une conversation dont le fil
lui avait peut-être échappé. Vous êtes trop
envié pour que tous ces potins sans aucun
fondement... Il n'y a pas un mot de vrai là-
dedans !

— Maman, je vous en prie, dit Alfiera
d'une voix défaillante.

Le duc émit une série de grognements
qu'un bulldog de bonne race n'eût pas
désavoués. Le maître d'hôtel et les deux

domestiques allaient et venaient autour d'eux avec une indifférence qui dissimulait mal la plus vive curiosité. S... remarqua que ni sa femme ni ses beaux-parents n'avaient regardé la photo. Au contraire, ils détournaient les yeux de cet objet posé sur la nappe avec une application soutenue. Alfiera demeurait figée ; elle avait jeté sa serviette et semblait prête à quitter la table ; elle fixait son mari de ses yeux agrandis avec une supplication muette ; lorsque celui-ci serra sa main dans la sienne, elle éclata en sanglots. S... fit signe aux domestiques de les laisser seuls. Il se leva, vint vers sa femme, se pencha sur elle.

— Ma chérie, je ne vois pas pourquoi cette photo ridicule...

Au mot « ridicule », Alfiera se raidit tout entière et S... fut épouvanté de découvrir sur ce visage d'une beauté si souveraine une expression de bête traquée. Lorsqu'il voulut la prendre dans ses bras, elle s'arracha soudain à son étreinte et s'enfuit.

— Il est naturel qu'un homme de votre situation ait des ennemis, dit le duc. Moi-même...

— Vous êtes heureux tous les deux, c'est la seule chose qui compte, dit sa femme.

— Alfiera a toujours été terriblement impressionnable, dit le duc. Demain, il n'y paraîtra plus...

— Il faut l'excuser, elle est encore si jeune...

S... quitta la table et voulut rejoindre sa femme : il trouva la porte de la chambre fermée et entendit des sanglots. Chaque fois qu'il frappait à la porte, les sanglots redoublaient. Après avoir supplié en vain qu'elle vînt lui ouvrir, il se retira dans son cabinet. Il avait complètement oublié la photo et se demandait ce qui avait bien pu plonger Alfiera dans cet état. Il se sentait inquiet, vaguement appréhensif et fort déconcerté. Il devait être là depuis un quart d'heure lorsque le téléphone sonna. Son secrétaire lui annonça que le signor Baretta désirait lui parler.

— Dites que je ne suis pas là.

— Il insiste. Il affirme que c'est important. Quelque chose au sujet d'une photo.

— Passez-le-moi.

La voix de Baretta au bout du fil était pleine de bonhomie, mais S... avait trop l'habitude de juger rapidement ses interlocuteurs pour ne pas y discerner une nuance de moquerie presque haineuse.

— Que me voulez-vous ?

— Vous avez reçu la photo, mon bon ami ?

— Quelle photo ?

— Celle de votre femme, pardi ! J'ai eu toutes les peines du monde à me la procurer. La famille a bien pris ses précautions. Ils n'ont jamais laissé photographier leur fille avant l'opération. Celle que je vous ai envoyée a été prise au couvent de

Palerme par les bonnes sœurs ; une photo collective, je l'ai fait agrandir tout spécialement... Un simple échange de bons procédés. Son nez a été entièrement refait par un chirurgien de Milan lorsqu'elle avait seize ans. Vous voyez qu'il n'y a pas que mon Van Gogh qui est faux : le chef-d'œuvre de votre collection l'est aussi. Vous en avez à présent la preuve sous les yeux.

Il y eut un gros rire, puis un déclic : Baretta avait raccroché.

S... demeura complètement immobile derrière son bureau. *Kurlik !* Le vieux mot de l'argot de Smyrne, terme insultant que les marchands turcs et arméniens emploient pour désigner ceux qui se laissent gruger, tous ceux qui sont naïfs, crédules, confiants, et, comme tels, méritent d'être exploités sans merci, retentit de tout son accent moqueur dans le silence de son cabinet. *Kurlik !* Il avait été berné par un couple de Siciliens désargentés, et il ne s'était trouvé personne parmi tous ceux qui se disaient ses amis pour lui révéler la supercherie. Ils devaient bien rire derrière son dos, trop heureux de le voir tomber dans le panneau, de le voir en adoration devant l'œuvre d'un faussaire, lui qui avait la réputation d'avoir l'œil si sûr, et qui ne transigeait jamais sur les questions d'authenticité... *Le chef-d'œuvre de votre collection est un faux...* En face de lui, une étude pour la *Crucifixion de Tolède* le nargua un instant de ses jaunes pâles et de ses verts profonds, puis se brouilla, disparut, le laissa seul dans un monde méprisant et hostile qui ne l'avait jamais vraiment accepté et ne voyait en lui qu'un parvenu qui avait trop l'habitude d'être exploité pour qu'on eût à se gêner avec lui. Alfiera ! Le seul être humain en qui il eût eu entièrement confiance, le seul rapport humain auquel il se fût, dans sa vie, totalement fié... Elle avait servi de complice et d'instrument à des filous aux abois, lui avait caché son visage véritable, et, au cours de deux ans de tendre intimité, n'avait jamais rompu la conspiration du silence, ne lui avait même pas accordé ne fût-ce que la grâce d'un aveu... Il tenta de se ressaisir, de s'élever au-dessus de ces mesquineries : il était temps d'oublier enfin ses blessures secrètes, de se débarrasser une fois pour toutes du petit cireur de bottes qui mendiait dans les rues, dormait sous les étalages, et que n'importe qui pouvait injurier et humilier... Il entendit un faible bruit et ouvrit les yeux : Alfiera se tenait à la porte. Il se leva. Il avait appris les usages, les bonnes manières ; il connaissait les faiblesses de la nature humaine et était capable de les pardonner. Il se leva et tenta de reprendre le masque d'indulgente ironie qu'il savait si bien porter, de retrouver le personnage d'homme du monde tolérant qu'il savait être avec une telle aisance, mais lorsqu'il essaya de sourire, son visage tout entier se tordit ; il chercha à se réfugier dans l'impassibilité, mais ses lèvres tremblaient.

— Pourquoi ne m'avez-vous pas dit ?

— Mes parents...

Il entendit avec surprise sa voix aiguë, presque hystérique, crier quelque part, très loin :

— Vos parents sont de malhonnêtes gens...

Elle pleurait, une main sur la poignée de la porte, n'osant pas entrer, tournée vers lui avec une expression de bouleversante supplication. Il voulut aller vers elle, la prendre dans ses bras, lui dire... Il savait qu'il fallait faire preuve de générosité et de compréhension, que les blessures d'amour-propre ne devaient pas compter devant ces épaules secouées de sanglots, devant un tel chagrin. Et, certes, il eût tout pardonné à Alfiera, mais ce n'était pas Alfiera qui était devant lui : c'était une autre, une étrangère, qu'il ne connaissait même pas, que l'habileté d'un faussaire avait à tout jamais dérobée à ses regards. Sur ce visage adorable, une force impérieuse le poussait à reconstituer le bec hideux d'oiseau de proie, aux narines béantes et avides ; il fouillait les traits d'un œil aigu, cherchant le détail, la trace qui révélerait la supercherie, la marque qui trahirait la main du maquignon... Quelque chose de dur, d'implacable bougea dans son cœur. Alfiera se cacha la figure dans les mains.

— Oh, je vous en prie, ne me regardez pas ainsi...

— Calmez-vous. Vous comprendrez cependant que dans ces conditions...

S... eut quelque mal à obtenir le divorce. Le motif qu'il avait d'abord invoqué et qui fit sensation dans les journaux : faux et usage de faux, scandalisa le tribunal et le fit débouter au cours de la première instance, et ce fut seulement au prix d'un accord secret avec la famille d'Alfiera — le chiffre exact ne fut jamais connu — qu'il put assouvir son besoin d'authenticité. Il vit aujourd'hui assez retiré et se voue entièrement à sa collection, qui ne cesse de grandir. Il vient d'acquérir *La Madone bleue* de Raphaël, à la vente de Bâle.

(Extrait du recueil *Gloire à nos illustres pionniers. Les oiseaux vont mourir au Pérou*)

ROMAIN GARY

La préface qu'il a écrite pour son recueil de nouvelles *Gloire à nos illustres pionniers*, dont celle-ci est extraite, explique sans doute beaucoup du personnage Romain Gary et de son œuvre : « En écrivant ces récits, je croyais me livrer seulement au plaisir de conter. (...) Mes démons familiers m'ont une fois de plus empêché de partir en vacances. Mes airs amusés et ironiques ne tromperont personne : le phénomène humain continue à m'effarer et à me faire hésiter entre l'espoir de quelque révolution biologique et de quelque révolution tout court, sans oublier évidemment l'illusion très littéraire de Kafka, lorsqu'il affirme que " le pouvoir des cris est si grand qu'il brisera un jour les rigueurs décrétées contre l'homme ". »

Romain Gary n'a jamais cessé de crier, en parcourant le monde. Né en Russie en 1914, venu en France à l'âge de quatorze ans, il fait ses études secondaires à Nice et son droit à Paris. Engagé dans l'aviation en 1938, il rejoint dès 1940 le général de Gaulle, participant aux batailles d'Angleterre, de Libye, de Normandie, et sera fait Compagnon de la Libération. Mais la littérature tient déjà une place essentielle dans sa vie et, entre deux missions, il écrit *Éducation européenne*, publié en 1945.

La carrière diplomatique (en poste à Sofia, à Berne, à l'ONU, en Bolivie, consul général à Los Angeles) lui permet de continuer à sacrifier à sa passion. C'est à cette époque qu'il reçoit, en 1956, le prix Goncourt pour *Les Racines du ciel*, qui le rendit célèbre.

Quittant cette carrière en 1961, Romain Gary continue à parcourir le monde pendant dix ans, pour des publications américaines, et tourne comme auteur-réalisateur deux films, *Les Oiseaux vont mourir au Pérou* (où il fera jouer son épouse, Jean Seberg) et *Kill*.

Dénonçant les oppressions raciales (*Chien blanc*) et morales (*Charge d'âme*), il publiera aussi en 1975, séducteur angoissé par la vieillesse, *Au-delà de cette limite votre ticket n'est plus valable*. Cinq ans plus tard, il devait se donner la mort.

C'est enfin le même Romain Gary qui, par une étonnante pirouette, devait obtenir une deuxième fois le prix Goncourt en 1975 pour *La Vie devant soi* (porté à l'écran avec Simone Signoret), sous le pseudonyme d'Émile Ajar.

Consacrant dans *Le Monde* une récente chronique à Romain Gary, Bertrand Poirot-Delpech voyait en lui « le plus grand Russe de langue française. Un des plus grands écrivains de sa génération, des plus foisonnants, riche d'un air du large et d'une folie qui manquent tant aux auteurs de l'Hexagone ».

La Vraie Professionnelle ou l'Épouse

par
PATRICIA HIGHSMITH

SARAH s'était toujours amusée à droite et à gauche en amateur, mais à vingt ans elle se maria, ce qui lui conféra le statut de professionnelle. Pour couronner le tout, le mariage fut célébré dans une église, sous les yeux de la famille, des amis et des voisins, et peut-être même avec Dieu comme témoin, car à coup sûr, il était invité. Elle était habillée tout en blanc, bien que sa virginité fût des plus contestables, vu qu'elle était enceinte de deux mois, et que l'enfant n'était pas de Sylvester, l'homme qu'elle épousait. À présent, elle pouvait devenir une authentique professionnelle, bénéficiant de la protection de la loi, de l'approbation de la société, et des ressources matérielles que lui garantissait son mari.

Sarah ne perdit pas de temps. Il y eut d'abord, pour se mettre en train, le releveur du compteur à gaz, puis le laveur de carreaux, dont la tâche occupait un nombre d'heures variable, selon que les fenêtres étaient plus ou moins sales, expliquait-elle à Sylvester. Celui-ci se voyait parfois obligé de payer pour huit heures de travail, plus une ou deux heures supplémentaires. Certains jours, le laveur de vitres était déjà là quand Sylvester s'en allait au bureau, et s'y trouvait encore quand il rentrait chez lui le soir. Mais ce n'était là que du menu fretin, et Sarah grimpa d'un échelon en s'offrant à leur avocat, ce qui procura l'avantage de la gratuité pour tous les services que celui-ci rendait à la famille de Sylvester Dillon, qui comptait maintenant trois personnes.

Sylvester était fier de son petit Edward, et rougissait de plaisir en entendant des amis lui affirmer que c'était son portrait tout craché. Ces amis ne mentaient pas, ils ne faisaient que prononcer les paroles qui leur semblaient opportunes, et qu'ils auraient dites à n'importe quel père. Après la naissance d'Edward, Sarah cessa tout rapport sexuel avec Sylvester (non qu'ils en eussent jamais eu beaucoup) en déclarant : « Un enfant ça suffit, tu ne crois pas ? » D'autres fois elle disait simplement : « Je suis fatiguée », ou : « Il fait trop chaud. » À la vérité, le pauvre Sylvester n'avait de raison d'être qu'à cause de son argent — il ne disposait pas vraiment d'une fortune, mais il gagnait sa vie très confortablement — et aussi parce qu'il était raisonnablement intelligent et présentable, pas assez agressif pour devenir encombrant, et... — eh bien, c'était à peu près tout ce qu'il fallait pour satisfaire Sarah. Elle ressentait un vague besoin d'avoir avec elle quelqu'un pour la protéger et l'escorter. Et cela faisait en quelque sorte plus important, plus sérieux, quand on écrivait « Madame » au bas d'une lettre.

Elle passa trois ou quatre années fort agréables à folâtrer ainsi avec l'avocat, puis avec leur docteur, puis avec quelques maris en vadrouille appartenant à leur cercle d'amis, sans parler d'un certain nombre de parties de plaisir d'une quinzaine de jours en compagnie du père d'Edward. Ces hommes lui rendaient visite chez elle surtout l'après-midi, du lundi au vendredi. Sarah prenait les plus grandes précautions et, comme la façade de sa maison pouvait être observée par plusieurs voisins, elle demandait expressément à ses amants de lui donner un coup de fil dès qu'ils arrivaient dans les parages, afin qu'elle pût dire si la voie était libre pour franchir le seuil discrètement. Le moment le plus sûr se situait vers une heure et demie, quand la plupart des gens étaient occupés à déjeuner. Après tout, Sarah mettait en jeu ses propres moyens de subsistance, et Sylvester commençait à montrer des signes d'inquiétude, bien qu'il n'eût pas encore manifesté le moindre soupçon.

Au cours de sa quatrième année de

mariage, Sylvester provoqua une petite scène de ménage. Ses avances à sa secrétaire, ainsi qu'à la fille qui travaillait derrière le comptoir dans son magasin d'articles de bureau, s'étaient heurtées à des refus plein de délicatesse mais néanmoins très fermes, et son moral se trouvait au plus bas.

— Pourquoi ne pas essayer encore une fois, tous les deux ?

Ce fut sur ce sujet que Sylvester lança la discussion.

Aussitôt Sarah contre-attaqua comme une douzaine de bataillons dont les armes étaient prêtes à tirer depuis des années. On aurait dit que c'était elle qui avait été victime d'une injustice.

— Est-ce que je ne t'ai pas créé une maison agréable ? Est-ce que je ne suis pas une bonne hôtesse — *la meilleure*, si j'en crois tous nos amis —, dis-moi un peu que ce n'est pas vrai ? Est-ce que j'ai jamais négligé Edward un seul instant ? Peux-tu me citer un seul jour où, à ton retour du travail, tu n'as pas trouvé un bon repas tout chaud qui t'attendait ?

« J'aimerais bien que tu oublies le repas chaud une fois de temps en temps et que tu penses à autre chose », eut envie de répondre Sylvester, mais il était trop bien élevé pour laisser les mots s'échapper de sa bouche.

— Et, qui plus est, j'ai du goût ! ajouta

Sarah en guise de salve finale. Non seulement nos meubles sont beaux, mais ils
sont aussi très bien entretenus. Je ne vois
pas ce que tu pourrais me demander de
plus.

Les meubles étaient tellement bien cirés,
en effet, que la maison ressemblait à un
musée. Sylvester hésitait souvent à salir les
cendriers. Il aurait aimé un peu plus de
désordre et un peu plus de chaleur
humaine. Mais comment lui faire
comprendre de telles idées?

— Allons, viens manger quelque chose,
dit Sarah d'une voix plus douce, lui tendant la main dans un brusque élan de tendresse dont Sylvester n'avait plus fait
l'expérience depuis de longues années. Une
pensée venait de traverser l'esprit de
Sarah, elle avait conçu un plan.

Sylvester lui prit la main avec joie, et
sourit d'un air radieux. Il reprit une
seconde fois de tous les plats qu'elle lui
proposait avec insistance. Le dîner,
comme d'habitude, se révéla excellent,
parce que Sarah était un cordon-bleu méti-
culeux et de premier ordre. Sylvester espérait que la soirée se terminerait aussi par
un heureux dénouement, mais à cet égard
il fut déçu.

Le plan de Sarah consistait à tuer Sylvester à force de bons petits plats, avec une
certaine gentillesse en somme, avec le sens
de son *devoir* d'épouse. Elle allait faire la

cuisine de façon de plus en plus élaborée.
Sylvester avait déjà pris du ventre, le docteur l'avait mis en garde parce qu'il mangeait trop, ne faisait pas assez d'exercice et
ainsi de suite, mais Sarah en savait suffisamment sur les régimes amaigrissants
pour avoir la certitude que c'était ce qu'on
mangeait qui comptait, et non pas tous les
sports qu'on pouvait pratiquer. Et Sylvester adorait manger. Le décor était parfaitement planté, se dit-elle, et qu'avait-elle à
perdre ?

Elle se mit à employer des graisses plus
riches, de la graisse d'oie, de l'huile d'olive,
à préparer souvent des macaronis au fro-
mage, à tartiner les sandwichs de Sylvester
d'une couche de beurre plus épaisse, et à
l'inciter à boire beaucoup de lait sous prétexte que cela constituait une merveilleuse
source de calcium pour combattre sa calvi-
tie naissante. Il prit ainsi dix kilos en trois
mois. Son tailleur dut modifier tous ses
costumes, puis lui en fabriquer carrément
de nouveaux.

— Du tennis, mon chéri, dit Sarah d'un
air préoccupé. Un peu d'exercice, voilà ce
qu'il te faut.

Elle espérait qu'il serait victime d'une
crise cardiaque. Il pesait à présent presque
cent kilos, et ce n'était pas un homme de
grande taille. Déjà il respirait avec difficulté au moindre effort physique.

Le tennis ne régla pas l'affaire. Sylvester

fut assez sage, ou assez lourd, pour se contenter de rester là sur le court en laissant la balle venir lui, et si la balle ne venait pas à lui il n'allait pas se mettre à courir après pour l'attraper au vol. Donc, un samedi qu'il faisait très chaud et que Sarah l'avait accompagné comme d'ordinaire jusqu'aux terrains de tennis, elle fit semblant de s'évanouir. Elle marmonna qu'il fallait la mettre dans la voiture et la ramener à la maison. Sylvester se démena de toutes ses forces, haletant, car Sarah elle-même n'avait rien d'un poids plume. Malheureusement pour les plans de Sarah, deux types sortirent en courant du bar du club et vinrent prêter main-forte à Sylvester : Sarah fut installée sans difficulté dans la Jaguar.

Une fois chez elle, dès que la porte d'entrée fut refermée, Sarah tomba de nouveau en syncope, et exigea d'une voix frénétique mais défaillante d'être portée jusqu'à son lit à l'étage. C'était leur lit, un grand lit de deux personnes, et pour y arriver il fallait grimper deux volées d'escaliers. Sylvester la souleva dans ses bras, se disant qu'il ne formait pas un tableau très romantique en gravissant aussi péniblement les marches, ahanant et trébuchant presque à chaque pas, pour amener sa bien-aimée au lit. À la fin, il fut obligé de changer de tactique et de placer tout le poids du corps inerte sur son épaule ; mais même ainsi il s'effondra la tête la première quand il atteignit le palier de l'étage. Faisant retentir puissamment sa respiration sifflante, il parvint en roulant sur lui-même à se dégager de dessous la silhouette affalée de sa femme, et fit un nouvel effort, se contentant cette fois de la traîner sur la moquette du couloir et de la chambre à coucher. Il fut tenté de la laisser étendue là jusqu'à ce qu'il eût repris son souffle (elle était parfaitement immobile, sans le moindre frémissement), mais il savait d'avance les récriminations qu'il entendrait si elle revenait à elle dans les secondes suivantes et s'apercevait qu'il l'avait abandonnée sur le sol.

Sylvester se courba pour reprendre sa tâche, y mettant toute l'énergie de sa volonté, car à coup sûr il ne lui restait plus aucune force physique. Il ressentait d'affreux tiraillements dans les jambes, son dos lui faisait très mal, et il fut surpris de parvenir à déposer son fardeau (de presque soixante-dix kilos) sur le double lit. « Houps... sss...! » fit Sylvester, en reculant d'un pas chancelant avec l'intention de se laisser choir dans un fauteuil, mais le fauteuil, muni de roulettes, partit en arrière et s'éloigna d'une vingtaine de centimètres, ce qui le fit atterrir sur le plancher avec un grand boum! qui ébranla la maison entière. Une douleur terrible avait jailli dans sa poitrine. Il pressa un poing contre son côté gauche, et découvrit les dents dans une grimace d'agonie.

Sarah l'observa. Elle demeura étendue sur le lit, sans un geste. Elle attendit, attendit encore. Elle faillit s'endormir. Sylvester gémissait et appelait à l'aide. « Quelle chance, pensa Sarah, d'avoir confié le petit Edward à la garde d'une bonne d'enfants à l'extérieur cet après-midi-là, au lieu d'avoir une bonne d'enfants dans la maison ! » Au bout d'une quinzaine de minutes, Sylvester s'immobilisa. Sarah finit par s'endormir effectivement. À son réveil, elle constata que Sylvester était bien mort, et qu'il commençait déjà à refroidir. Alors elle téléphona au docteur de la famille.

Tout se passa fort bien pour Sarah. Les gens dirent que juste quelques semaines avant ils avaient encore remarqué avec une agréable surprise la mine *splendide* de Sylvester, et ses joues bien roses et tout. Sarah reçut une somme rondelette de la compagnie d'assurances — sa pension de veuve — ainsi que des épanchements de sympathie attendrie de la part de toutes sortes de gens qui, pour la réconforter, lui affirmèrent qu'elle avait donné à Sylvester le meilleur d'elle-même, qu'elle lui avait procuré un intérieur on ne peut plus agréable, qu'elle lui avait donné un fils, bref, qu'elle s'était dévouée à lui corps et âme, et qu'elle avait comblé sa trop brève existence de tout le bonheur possible.

Personne ne déclara : « Quel crime parfait ! », ce que Sarah pensait en elle-même,
et à présent elle pouvait en rire sous cape.
Désormais il lui était permis de mener la
vie d'une veuve joyeuse. En extorquant de
petites faveurs à ses amants — toujours
mine de rien, bien entendu —, il lui serait
facile d'avoir un train de vie encore plus
plaisant que du temps où Sylvester était là.
Et elle pouvait toujours écrire « Madame »
au bas de ses lettres.

(Extrait du recueil *Toutes à tuer*)

PATRICIA HIGHSMITH

Née au Texas, à Fort Worth, en 1921, Patricia Highsmith fait ses études à Barnard College (université de Columbia) dont elle sort diplômée en 1942.

Elle se fait connaître par un premier roman, *L'Inconnu du Nord-Express*, paru en 1949 et dont Alfred Hitchcock tirera en 1951 un film mémorable.

Patricia Highsmith commence alors la publication de la série des *Ripley*, dont le premier, *Monsieur Ripley*, lui vaut en 1957 le grand prix de la Littérature policière, et a été lui aussi porté à l'écran par René Clément, sous le titre *Plein Soleil*.

Elle reçoit en Angleterre le prix 1964 du Meilleur Roman policier étranger pour *Les Deux Visages de Janvier*; et *L'Amateur d'escargots* lui vaut en 1975 le grand prix de l'Humour noir.

Le cinéma s'est toujours beaucoup intéressé à son œuvre, au travers de cinéastes aussi différents que Wim Wenders (*L'Ami américain*, tiré de *Ripley s'amuse*), Claude Autant Lara (*Le Meurtrier*), Michel Deville (*Eaux profondes*), Hans W. Geissendorfer (*La Cellule de verre*), Claude Miller (*Dites-lui que je l'aime*, adapté de *Ce mal étrange*)...

Douze de ses nouvelles ont aussi été adaptées pour une série télévisée coproduite par M6, et rassemblées en un recueil dont le titre, *Les Cadavres exquis*, traduit à merveille l'humour et l'angoisse qui sont leur trait commun, et qui caractérisent si fortement l'œuvre de Patricia Highsmith.

Dans son œuvre littéraire, Patricia Highsmith a su de fait, rare et riche alliance, mêler l'efficacité américaine au « psychologisme » européen.

Cynisme, misogynie, analyses psychologiques à la lisière de la psychanalyse seront les qualités principales de cet écrivain de renommée mondiale, qui ne délaisse pas, loin de là, les contraintes du récit, le rebondissement, la linéarité de l'action.

Dans une interview à *Télérama*, elle déclarait il y a quelques années ne pas se reconnaître comme auteur de romans policiers, « parce que ni le suspense ni le mystère ne m'intéressent ».

Ce qui ne l'a pas empêché d'écrire, à l'intention des auteurs débutants, un *Art du suspense, mode d'emploi.*

Et si Patricia Highsmith assure lire peu les romans à suspense des autres écrivains, elle fait toutefois une exception pour les romans de Graham Greene, qui sont pour elle « un vrai régal parce qu'ils sont intelligents, et écrits avec un talent fou. Graham Greene est aussi un moraliste et je m'intéresse à la morale, à condition qu'elle ne tourne pas au prêche ». Graham Greene lui a retourné d'ailleurs le compliment, voyant en Patricia Highsmith l'un des très rares auteurs de suspense « dont les œuvres peuvent se relire plusieurs fois ».

Patricia Highsmith apprécie en tout cas qu'en « France, en Angleterre et en Allemagne on ne me considère pas comme un auteur de romans à suspense, mais simplement comme une romancière ». Sans doute parce que, comme l'ont écrit Boileau-Narcejac : « Quand les personnages d'un roman nous intéressent davantage pour ce qu'ils sont que pour ce qu'ils font, on s'éloigne du roman policier. »

Les Rêves des autres

par
JOHN IRVING

FRED n'avait pas souvenir d'avoir jamais rêvé la nuit, avant que sa femme le quitte. Et puis il se rappela quelques vagues cauchemars d'enfant, ainsi que certains rêves voluptueux bien spécifiques qu'il avait faits pendant la période, à ses yeux ridiculement courte, allant de la puberté à son mariage avec Gail (il s'était marié jeune). La blessure de ces dix années conjugales sans rêves était encore trop fraîche pour qu'il la sonde profondément, mais il savait en tout cas que de son côté Gail avait rêvé comme une forcenée, toute une série d'aventures, et qu'il s'était réveillé chaque matin intrigué par ce visage mobile et nerveux où il traquait avec un sentiment d'échec la trace de ses secrets nocturnes. Elle ne lui racontait jamais ses rêves; elle se contentait de lui dire qu'elle en faisait, et qu'elle trouvait bien curieux qu'il n'en fasse pas. « Écoute, Fred, lui disait-elle, soit tu rêves quand même, et tes rêves sont tellement malsains que tu préfères les oublier, soit tu es vraiment mort. Les gens qui ne rêvent jamais sont tout à fait morts. »

Les toutes dernières années de son mariage, ces deux théories ne lui paraissaient pas plus saugrenues l'une que l'autre.

Après que Gail l'avait quitté, il s'était senti « tout à fait mort ». Même sa petite amie, celle qui avait été pour sa femme la goutte d'eau qui fait déborder le vase, ne parvenait pas à le ressusciter. Il considérait que tout ce qui avait mal tourné dans son couple était sa faute à lui : Gail semblait fidèle et heureuse, et puis il avait fallu qu'il fasse des bêtises, et qu'il l'oblige à lui rendre la monnaie de sa pièce, comme on dit. À la fin, il avait récidivé trop souvent, et elle avait renoncé à lui pardonner. Elle le traitait de « cœur d'artichaut ». Apparemment, il tombait amoureux à peu près tous les ans. « Encore, disait-elle, si tu baisais une nana comme ça en passant, je pourrais peut-être m'y faire, mais pourquoi est-ce qu'il faut toujours que tu t'attaches à elles comme un crétin ? »

Il n'en savait rien. Après le départ de sa femme, sa maîtresse lui avait semblé si bécasse, si asexuée, si repoussante, qu'il se demandait comment il avait pu s'engager dans cette dernière liaison catastrophique. Et Gail l'avait tellement traîné dans la boue sur ce chapitre que son départ l'avait bel et bien soulagé ; mais l'enfant lui manquait. En dix ans de mariage ils avaient eu un fils unique, qu'ils avaient appelé Nigel. Ils trouvaient tous deux leurs prénoms si banals qu'ils avaient affublé le pauvre gamin de celui-ci. Nigel, donc, occupait désormais une place considérable dans le cœur hypertrophié de son père, tel un cancer qui n'évolue pas. Ne pas voir l'enfant, Fred pouvait s'en accommoder ; d'ailleurs ils ne s'entendaient plus très bien depuis que celui-ci avait passé l'âge de cinq ans ; mais ce qu'il ne supportait pas, c'était l'idée que le petit le déteste — or il était sûr qu'il le détestait, ou qu'il apprendrait à le détester avec le temps : Gail avait bien appris, elle.

Il lui arrivait de penser que, si seulement il avait réussi à faire ses rêves à lui, il n'aurait pas eu besoin de passer à l'acte et de se lancer dans ces lamentables liaisons presque tous les ans.

Les semaines qui suivirent leur séparation, il ne parvint pas à dormir dans le lit qu'ils avaient partagé dix ans. Cette séparation s'était réglée matériellement comme suit : il versait de l'argent à Gail, qui prenait Nigel, et lui gardait la maison. Il se mit à dormir sur le canapé du séjour, où il connut le désagrément de nuits cotonneuses et agitées, bien trop hachées pour faire des rêves. Il se retournait comme une carpe et ses gémissements dérangeaient le

chien (qui lui était échu en partage). Une
nuit, il se figura qu'il était en train de
vomir dans une voiture; il avait pour pas-
sagère Mrs. Beal, qui lui donnait des coups
de sac à main tandis qu'il rendait tripes et
boyaux sur le volant : « Ramène-nous à la
maison ! Veux-tu nous ramener à la maison tout de suite ! » lui criait-elle. Évidemment, ce que Fred ne savait pas sur le
moment, c'est qu'il était en train de faire le
rêve de Mr. Beal. Ce dernier avait souvent
tourné de l'œil sur leur canapé; sans aucun
doute, c'était là qu'il avait fait ce rêve
effroyable, qu'il avait laissé en héritage
pour le prochain dormeur au sommeil
agité.

Fred abandonna purement et simplement le canapé, au profit du matelas
mince et dur de la chambre de Nigel. Il
s'agissait d'un lit-bateau pour enfant, d'un
vrai lit de capitaine de vaisseau, avec des
tiroirs dessous pour y ranger les sous-
vêtements et les pistolets à six coups. Fred
avait beau souffrir du dos après son séjour
sur le canapé, il n'était pas prêt à
recommencer à dormir dans le lit qu'il
avait partagé avec Gail.

La première nuit qu'il passa dans le lit
de son fils, il comprit l'étrange faculté qu'il
possédait soudain, ou qui, peut-être, le
possédait soudain. Il fit un rêve de gamin
de neuf ans, le rêve de Nigel. À lui, l'adulte,
ce rêve ne faisait pas peur, mais il avait dû

terroriser l'enfant. Fred-Nigel était dans un champ, à la merci d'un gros serpent. Fred l'adulte trouva tout de suite grotesque cette bestiole qui avait des ailerons comme un serpent de mer et crachait du feu. Elle s'élançait à coups répétés contre la poitrine de Fred-Nigel ; paralysé d'angoisse, il ne parvenait même pas à crier. À l'autre bout du champ, Fred se voyait comme son fils le voyait : « Papa », appelait tout bas Fred-Nigel. Mais le père était debout au-dessus d'un feu qui couvait ; ils venaient de faire un barbecue, manifestement. Fred pissait sur les cendres, une épaisse vapeur d'urine s'élevait autour de lui, et il n'entendait pas crier son fils.

Au matin, Fred décida que les rêves d'un gosse de neuf ans étaient trop explicites, et trop triviaux. S'il retournait dans son propre lit ce soir-là, il n'aurait rien à craindre, puisque, tant qu'il y avait dormi avec Gail, il n'en avait jamais fait. Et Gail, qui en faisait régulièrement pour sa part, ne les lui avait jamais transmis. Mais dormir avec quelqu'un est une chose, et dormir seul en est une autre.

Il se glissa entre les draps froids, dans la chambre veuve des rideaux qu'elle avait faits elle-même. Et, comme de juste, il fit un de ses rêves. Il se regardait dans un miroir en pied, mais c'est Gail qu'il voyait. Elle était nue, et l'espace d'un instant il crut qu'il était en train de rêver à son

compte — des images où s'exprimeraient
le manque d'elle, un souvenir érotique, le
désir torturant qu'elle revienne. Mais la
Gail du miroir, il ne l'avait jamais vue. Elle
était vieille et laide, et le spectacle de sa
nudité était comme une déchirure qu'on
voudrait voir refermer tout de suite. Elle
pleurait à chaudes larmes ; ses mains volti-
geaient comme des mouettes pour plaquer
contre elle toute une série de vêtements,
chacun jurant avec son teint et ses traits
plus encore que le précédent. Les robes faisaient un tas à ses pieds ; elle finit par
s'effondrer sur elles, en y enfouissant son
visage pour ne plus le voir. Dans le miroir,
ses vertèbres télescopées lui rappelaient un
escalier extérieur aperçu au fond d'une
ruelle, lors de leur voyage de noces en
Autriche. Dans un village, à l'ombre du clo-
cher à bulbe, la venelle en question était le
seul coin sale et louche qu'ils avaient
trouvé. Cet escalier biscornu qui se perdait
dans les hauteurs leur avait semblé, à tous
deux, de mauvais augure ; la ruelle n'avait
pas d'autre issue, s'ils voulaient en sortir
autrement, il leur faudrait rebrousser chemin. « Demi-tour ! » avait soudain lancé
Gail, et il avait acquiescé tout de suite.
Mais, à cet instant précis, une vieille
femme était apparue en haut de l'escalier,
le pas incertain ; il faut croire qu'elle avait
perdu l'équilibre, car elle avait dégringolé
lourdement jusqu'en bas. Elle portait des

provisions diverses : des carottes, un sac de pommes de terre abîmées et une oie vivante dont les pattes palmées étaient entravées. Elle s'était cogné le visage dans sa chute ; allongée de tout son long, elle gardait les yeux ouverts, sa robe noire en bouchon sur ses cuisses, les carottes répandues en gerbe sur sa poitrine plate et immobile. Il y avait des patates partout. Et l'oie, toujours ficelée, gloussait et se débattait. Fred s'était bien gardé de s'approcher de la vieille ; et quoiqu'il n'ait jamais touché un animal vivant, à l'exception de chiens et de chats, il s'était précipité vers l'oie. Il avait tenté de défaire le lien de cuir qui entourait ses pattes, mais il était maladroit ; l'oie avait sifflé et lui avait cruellement pincé la joue. Il l'avait laissé tomber pour courir après Gail, qui s'enfuyait par où ils étaient arrivés.

À présent, dans le miroir, Gail s'était endormie sur cette pile de vêtements malaimés. C'est dans cette position qu'il l'avait trouvée, la nuit où il était rentré après sa première infidélité. Il s'éveilla du rêve de sa femme pour se retrouver tout seul dans le lit. Il savait déjà combien elle l'avait pris en haine pour ses infidélités, mais c'était la première fois qu'il réalisait combien ses infidélités l'avaient fait se prendre en haine elle-même.

N'avait-il donc nul endroit chez lui où il puisse dormir sans hériter des rêves d'autrui ? Où pourrait-il enfin nourrir les siens propres ? Il y avait bien un autre canapé, dans la pièce où l'on regardait la télévision, mais le chien, un vieux labrador, y avait élu domicile. « Nounours ! Ici, Nounours », appela-t-il. C'était Nigel qui lui avait donné ce nom-là. Mais Fred se rappela soudain toutes les fois qu'il avait vu Nounours en proie à ses propres rêves — il le revit piauler, montrer les dents, courir sur place avec ses pattes palmées, son sexe rose et dur lui claquant le ventre. Non, il ne s'abaisserait pas jusque-là ; des rêves de chien, chasse au lapin, bagarre avec le berger allemand du coin, culbute avec la triste épagneule des Beal : très peu pour lui. Certes, le canapé avait aussi accueilli quelques baby-sitters. N'avait-il pas une chance de connaître la saveur de leurs rêves ? Fallait-il risquer un des rêves de Nounours pour espérer s'imprégner des songes suaves de la délicate Janey Hobbs ?

Mettant aussi dans la balance l'inconvénient des poils du chien et les visages ingrats d'autres nombreuses baby-sitters, Fred s'endormit dans un fauteuil, un fauteuil sans rêves : il eut de la chance. Il était en train d'apprendre que sa nouvelle faculté miracle était épuisante autant qu'excitante. Tant il est vrai que, à dormir avec des inconnus, nous avons souvent couru les risques sans jouir du plaisir.

Lorsque son père mourut, il alla passer une semaine avec sa mère. À son horreur, elle prit le canapé et lui offrit la chambre de maître avec son lit historique. Qu'elle n'ait pas eu envie d'y dormir, il le comprenait sans peine, mais, avec son potentiel de rêves homériques, le lit le terrifiait. Ses parents avaient toujours habité cette maison et, du plus loin qu'il se souvienne, ils avaient toujours couché dans ce lit. C'était un couple de danseurs, des gens minces et gracieux jusqu'après leur retraite. Il se rappelait les exercices du matin qu'ils exécutaient avec lenteur, toujours sur des musiques de Mozart, leurs mouvements de yogis sur le tapis du solarium. Il regardait avec effroi leur vénérable lit, qui allait le prendre aux rets de rêves bien embarrassants. Quels rêves ? Et de quels rêveurs ?

Il constata avec un certain soulagement qu'il s'agissait d'un rêve de sa mère. Comme beaucoup de gens, Fred cherchait des règles au sein du chaos. Il pensait en avoir trouvé une, à savoir qu'on ne rêve jamais les rêves des morts. Du moins sa mère était-elle en vie. Mais il s'était attendu à lui trouver pour son père un sentiment gentiment rassis, une de ces tendresses du souvenir qu'il prêtait aux vieillards ; la verdeur du rêve maternel le prit

par surprise. Il vit son père gambader
sous la douche, du savon sous les aisselles
et sur le bas-ventre tendu par une érec-
tion. Et ce n'était même pas un rêve de
jeunesse ; son père était déjà âgé : il avait
la poitrine chenue et les seins distendus
des vieillards — comme ces coussinets qui
se forment autour des tétons des jeunes
filles. Fred rêvait donc l'affection chaude
et humide de sa mère pour l'homme en
rut qu'il n'avait jamais soupçonné chez
son père. Effaré par ces ébats agiles,
inventifs, pour ne pas dire acrobatiques, il
s'éveilla en se disant que sa propre sexua-
lité était bien morne, bien maladroite,
bien « missionnaire ». C'était son premier
rêve érotique dans la peau d'une femme.
Il se sentait vraiment bête, lui un homme
arrivé à la trentaine, d'apprendre, et par
sa mère encore, de quelle façon précise les
femmes aiment être caressées. Il venait de
rêver comment sa mère jouissait ; avec
quelle ardeur elle s'y employait littéra-
lement.

Le lendemain matin, trop gêné pour la
regarder en face, il eut honte de s'être posé
si peu de questions de cet ordre à son
sujet ; de l'avoir sous-estimée, comme il
avait sous-estimé Gail. Fred avait encore
assez de condescendance, typiquement
filiale, pour supposer que, si le tempéra-
ment de sa mère était aussi riche, celui de
sa femme l'était sans doute plus encore.

Qu'il n'en allât pas nécessairement ainsi ne lui venait pas à l'esprit.

Il vit avec tristesse que sa mère ne pouvait se résoudre à pratiquer ses exercices du matin toute seule, et au cours de la semaine qu'il passa auprès d'elle — il eut l'impression de lui être d'un piètre secours — elle sembla perdre sa souplesse et ses muscles, et même prendre du poids. Il aurait voulu lui proposer de faire ses exercices avec elle, insister pour qu'elle ne perde pas ses habitudes d'hygiène, mais il venait de lui en découvrir d'autres, et le sentiment d'infériorité qu'elles lui inspiraient le laissait sans voix.

Il était déconcerté, aussi, de découvrir que ses instincts de voyeur étaient plus forts, en fait, que ses instincts filiaux orthodoxes. Il avait beau savoir que les souvenirs érotiques de sa mère allaient le poursuivre toutes les nuits, il refusait d'abandonner le lit pour le parquet sans rêves — sans rêves, croyait-il. S'il y avait couché, il aurait rencontré au moins un des rêves laissés par son père lors des quelques nuits qu'il avait pu y passer à l'occasion. Il aurait ainsi réfuté sa confortable théorie qui voulait que les rêves des morts ne se transmettent pas aux vivants. Si les rêves de sa mère dominaient le lit, c'est simplement qu'ils étaient plus forts que ceux de son père. En revanche, sur le parquet, Fred aurait pu découvrir, entre

autres, les véritables sentiments de son
père pour Tante Blanche. Mais il est bien
connu que nous allons rarement jusqu'au
bout des capacités qui nous sont tombées
du ciel. Aventuriers de surface, nous nous
formons une opinion sur les icebergs
d'après ce que nous en voyons.

Fred faisait certaines découvertes sur les
rêves, mais il passait à côté de beaucoup
d'autres; ainsi, par exemple, pourquoi ne
rêvait-il que des rêves « historiques »
— des rêves qui n'étaient que de réels souvenirs, ou des souvenirs amplifiés d'événe-
ments réels, des rêves d'occasion, en
somme? Il est d'autres rêves — on peut
rêver ce qui n'est jamais arrivé. Fred n'en
savait pas très long là-dessus. Il n'envisa-
geait même pas que les rêves qu'il faisait
pouvaient lui appartenir — qu'il n'oserait
jamais s'approcher davantage de lui-même.

Il rentra au foyer du divorce, son intrépi-
dité perdue. C'était un homme qui venait
de se découvrir une faille de vulnérabilité
incurable. Il est ainsi bien des talents
cruels que la vie nous distribue sans dis-
cernement ni intention de nuire. Que nous
ayons ou non l'usage de ces dons, nous qui
n'avions rien demandé, la vie s'en moque.

(Extrait du recueil
Les Rêves des autres)

JOHN IRVING

John Irving devient célèbre en France en 1980, avec son phénoménal succès de *Le Monde selon Garp*, couronné d'une moisson de titres : prix de la Fondation Rockefeller, prix de la Fondation nationale des Arts et Lettres, Bourse Guggenheim, American Book Award.

Un succès confirmé depuis par une œuvre romanesque foisonnante, avec *L'Hôtel New Hampshire, Un mariage poids moyen, L'Œuvre de Dieu, La Part du Diable, L'Épopée du buveur d'eau* et enfin, *Une prière pour Owen*, son dernier roman, paru en 1989.

Né en 1942 dans le New Hampshire, John Irving poursuit ses études dans plusieurs universités, obtenant une licence de lettres et un *master of Fine Arts.* Il séjourne à Londres, à Vienne, en Grèce, puis enseigne la littérature à l'université aux États-Unis... tout en pratiquant, en compétition, et comme entraîneur jusqu'à quarante-sept ans, la lutte gréco-romaine.

Aujourd'hui encore, dans le Vermont, John Irving, qui consacre désormais tout son temps à l'écriture, demeure fidèle à la maxime de Juvénal et raconte ainsi, l'an dernier au *Nouvel Observateur*, sa journée d'écrivain : « Je me lève tôt : 6 h 30 ; à 8 heures, je

suis au travail devant ma machine à écrire jusqu'à
4 heures de l'après-midi ; puis deux heures de gym,
un livre ou une sortie et au lit à 22 h 30. »

Un mode de vie qui est aussi, pour John Irving, un
mode d'écriture. La lutte, confie-t-il, « c'est dur, précis, immense. Très proche de la façon dont je ressens
l'écriture. Il faut des tonnes de patience. Oui,
l'entraînement est ennuyeux. L'écriture, c'est pareil.
Vous travaillez le même geste, encore et encore. (...)
Sur un tapis ou devant une feuille blanche, les termes
du combat sont les mêmes. Je dois éliminer les faiblesses, les inconsistances, les lourdeurs des livres
précédents. (...) Et le résultat final est si loin de tous
ces efforts. Cette discipline de fer... J'adore ça. »

Et s'il lui faut quatre ans pour écrire un livre, c'est
bien sûr parce que John Irving passe la moitié du
temps à réécrire.

Mais aussi parce qu'il « aime les histoires longues,
solides, avec beaucoup de personnages ». En cela,
explique-t-il en 1989 à *Télérama*, « comme écrivain,
je me sens très vieux jeu. Je me sens surtout un écrivain du XIXe siècle. Mes références restent mes lec-
tures d'adolescence : Dickens, Hardy, Flaubert,
Tolstoï, Melville, Hawthorne ».

On retrouve dans son recueil de nouvelles *Les
Rêves des autres* quelques-unes des caractéristiques
de l'œuvre de John Irving : la satire du conformisme,
l'imagination débridée, le goût du burlesque, les
tabous joyeusement pourfendus, cette vitalité hors du
commun qui permet à l'auteur de passer indemne
par-dessus les gouffres de ses obsessions.

La Pastorale

par
STEPHEN KING

LES ANNÉES précédentes, Harold Parkette avait toujours tiré fierté de sa pelouse. Il possédait alors une grosse tondeuse à gazon chromée, une Lawnboy, et, à chaque fois que c'était nécessaire, il donnait cinq dollars à un petit voisin pour la pousser. Mais, l'année dernière, à la mi-octobre, le destin joua à Harold Parkette un bien mauvais tour. Tandis que, pour la dernière fois de la saison, le gamin tondait le gazon, le chien des Castonmeyer se mit à pourchasser le chat des Smith jusque sous la machine.

Alicia, la fille de Harold, en renversa son verre de grenadine sur son chemisier tout neuf et Carla, sa femme, en eut des cauchemars pendant plus d'une semaine. Quoique arrivée après l'accident, elle s'était trouvée là suffisamment tôt pour voir Harold et le gamin livide nettoyer les lames de la tondeuse. Mrs. Smith et Alicia se tenaient près d'eux, sanglotantes.

Lassé d'entendre sa femme gémir dans le lit voisin depuis une semaine, Harold décida de se défaire de la tondeuse. Il n'en avait pas *réellement* besoin, en fin de compte. Cette année, il avait engagé un garçon, eh bien, l'année prochaine, en plus, il louerait la machine. Et peut-être qu'ainsi Carla cesserait de s'agiter dans son sommeil et le laisserait dormir en paix.

Aussi apporta-t-il la Lawnboy au garage de Phil. À l'issue des marchandages d'usage, Harold repartit avec un pneu flambant neuf et un plein de super, tandis que Phil exposait la tondeuse portant l'inscription : « À vendre » près des pompes à essence.

Cette année-là, Harold se contenta d'économiser l'argent destiné à la location. Mais, quand il s'adressa à la mère du garçon qui, l'an passé, lui avait tondu sa pelouse, elle lui apprit que Franck était entré à l'université.

Début mai, il engagea quelqu'un d'autre, puis juin s'écoula. Et la pelouse s'épanouissait que c'en était un vrai bonheur. Un été idéal pour le gazon ; trois jours de soleil, un jour de pluie : c'était réglé comme du papier à musique.

À la mi-juillet, la pelouse ressemblait davantage à une prairie qu'à un jardinet de banlieue et Jack Castonmeyer s'était mis à faire toutes sortes de plaisanteries d'un goût douteux qui, pour la plupart, portaient sur le prix du foin et de la luzerne.

Vers la fin du mois, Harold sortit dans le

patio pendant le septième tour de batte de son match de base-ball et aperçut une marmotte qui se prélassait sur l'allée envahie par les herbes. C'en était trop. Il éteignit la radio, s'empara de son journal et se précipita sur les petites annonces. Au milieu de la colonne « Services », il trouva ceci : *Pelouse tondue. Prix raisonnable. 776-2390.*

Harold composa le numéro, s'attendant à interrompre dans sa tâche une femme passant l'aspirateur qui hurlerait aussitôt le nom de son fils. Mais on lui répondit sur un ton sec et professionnel :

« La Pastorale, travaux des champs et des jardins... Que pouvons-nous faire pour votre service ? »

Prudemment, Harold expliqua comment La Pastorale pourrait lui venir en aide. Alors, maintenant, les tondeurs de gazon se mettaient à leur compte et louaient des bureaux ? Il s'enquit des tarifs, et la voix lui indiqua un prix raisonnable.

Harold raccrocha avec un vague sentiment de malaise puis retourna sur le perron. Il s'assit, remit la radio en marche et contempla son gazon hypertrophié au-dessus duquel, en ce samedi, défilaient lentement les nuages. Carla et Alicia s'étaient rendues chez sa belle-mère et il avait la maison pour lui tout seul.

Une légère brise balaya le perron. Les criquets stridulaient dans l'herbe haute. Harold s'assoupit.

Une heure plus tard, la sonnette de la porte le réveilla en sursaut.

Un homme vêtu d'un bleu de travail maculé d'herbe se tenait devant la porte, mâchonnant un cure-dent. Il était gras. La courbe de son ventre était telle sous son bleu usagé que Harold se demanda s'il avait avalé un ballon de basket.

— Oui ? demanda Harold Parkette, encore à demi assoupi.

L'homme sourit, fit rouler le cure-dent d'un coin à l'autre de sa bouche, tirailla sur le fond de sa combinaison, puis redressa d'une pichenette sa casquette de base-ball verte. Il était donc là, tout sourire, embaumant l'herbe, la terre et l'essence.

— Salut, mon gars, je viens de la part de La Pastorale, lança-t-il d'un ton jovial en se grattant l'entrejambe. C'est vous qu'avez appelé, mon gars ? (Son sourire s'éternisait.) Oh ! la pelouse ! C'est vous ?

Harold le dévisagea d'un air stupide.

— Eh ouais, c'est moi.

Le rire du jardinier éclata à la face bouffie de sommeil de Harold.

L'homme s'engouffra dans la maison, passant devant Harold incapable d'un mouvement, puis traversant l'entrée, la salle de séjour et la cuisine pour parvenir à la porte qui donnait sur le jardin. Maintenant, Harold voyait à quel genre d'individu il avait affaire. Il en avait déjà vu des comme ça qui travaillaient à la voirie ou bien à la réfection de la chaussée. Ils avaient toujours une minute libre pour fumer une Lucky Strike ou une Camel en s'appuyant sur leur pelle et vous regardaient de haut, comme s'ils étaient le sel de la terre. Harold avait toujours éprouvé une certaine crainte face à de tels hommes ; ils avaient la peau tannée par le soleil, plein de petites rides autour des yeux, et savaient toujours ce qu'il fallait faire.

— Il ne devrait pas y avoir de problème, assura-t-il au jardinier en prenant inconsciemment une voix plus mâle. La pelouse est bien délimitée et il n'y a aucun obstacle, mais elle a pas mal poussé. (Sa voix retrouva son registre habituel pour dire d'une façon contrite :) Je dois avouer que je ne m'en suis guère occupé.

— Te bile pas, mon gars. Y'a pas de mal. C'est tout bon. (Le jardinier sourit, son regard reflétant toute l'espièglerie d'un représentant de commerce.) Plus c'est haut, mieux c'est. De la bonne terre, voilà ce que vous avez, par Circé. C'est ce que je dis toujours.

Par Circé ?

Il retraversa toute la maison devant les yeux excédés de Harold.

Celui-ci se rassit. Il ouvrit son journal à la page financière et examina en connaisseur les cours de clôture de la Bourse. En bon républicain, il voyait dans les agents de change qui régnaient sur ces colonnes de chiffres pour le moins des divinités mineures...

(Par Circé?)

... et il avait souvent souhaité comprendre ce monde non plus régi d'en haut par les tables de la Loi mais par d'énigmatiques abréviations du style : ob.c. 8,75 % 77, ou bien Kdk, ou Rte 3 % perpétuel.

Un soudain vrombissement l'arracha de nouveau à sa somnolence.

Les yeux écarquillés, Harold sauta sur ses pieds, renversant sa chaise.

— C'est une tondeuse, ça? lança Harold Parkette à l'adresse de la cuisine. Bon Dieu, ne me dites pas que c'est une tondeuse !

Il se précipita en direction de l'entrée puis jeta un coup d'œil au-dehors. Il n'aperçut que la vieille camionnette verte portant sur son flanc l'inscription : LA PASTORALE, INC., *Travaux des champs et des jardins*. Le rugissement venait maintenant du jardin. Harold retraversa la maison à toute vitesse; il resta pétrifié sur le seuil de la porte de derrière.

C'était obscène, grotesque.

La vieille tondeuse électrique rouge que le gros jardinier avait apportée marchait toute seule. Personne ne la conduisait; en fait, il n'y avait personne à moins d'un mètre cinquante d'elle. La machine avançait à une allure enfiévrée, fauchant la malheureuse pelouse de Harold Parkette comme un diable furibond sorti tout droit de l'Enfer. Dans un nuage de gaz bleuâtres, elle hurlait et soufflait, semblant atteinte d'une frénésie mécanique qui paralysa Harold de terreur. L'âcre odeur d'herbe coupée qui flottait dans l'air rappelait celle du vin aigre.

Mais le jardinier était ce qu'il y avait de plus obscène dans le tableau.

L'homme s'était déshabillé — des pieds à la tête. Ses vêtements soigneusement pliés avaient été empilés dans le bassin vide qui ornait le milieu de la pelouse. Nu et couvert d'herbe, il rampait derrière la tondeuse, mangeant tout ce qu'elle coupait. Une sève verdâtre dégoulinait le long de son menton puis tombait sur sa bedaine proéminente. Chaque fois que la tondeuse décrivait un virage, il se levait, bondissait de la façon la plus étrange, puis se prosternait de nouveau.

— Arrêtez! hurla Harold Parkette. Arrêtez immédiatement!

Mais l'homme n'y prêta aucune attention et sa machine infernale repartit de plus belle. Quand elle passa devant lui, Harold eut l'impression que ses lames lui jetaient un sourire mielleux.

Puis Harold aperçut la taupe. Elle avait dû rester cachée dans le carré d'herbe que la tondeuse n'avait pas encore massacré, pétrifiée de terreur. Prise de panique, elle jaillit soudain, telle une flèche brune, traversant la bande de gazon coupé qui la séparait de l'asile du perron.

La machine fit un écart.

En pétaradant, elle fondit sur la taupe qu'elle recracha sous la forme d'une traînée de poils et d'entrailles ; Harold repensa au chat des Smith. Ayant éliminé la taupe, la tondeuse reprit sa tâche là où elle l'avait laissée.

L'homme la suivait de près, dévorant l'herbe. L'horreur s'empara de Harold. Il était comme hypnotisé par l'expansion constante de cette panse énorme.

Le jardinier fit un écart et mangea la taupe.

Ce fut le moment que choisit Harold Parkette pour s'appuyer contre la porte vitrée et vomir dans les zinnias. Le monde prit une teinte grisâtre et soudain il se rendit compte qu'il allait s'évanouir, qu'il *s'était* évanoui. Il s'écroula, les yeux fermés...

Quelqu'un le secouait. Carla le secouait. Il n'avait pas fait la vaisselle, il n'avait pas vidé les poubelles, et Carla allait se mettre très en colère..., mais rien de plus normal. Tant qu'elle le réveillait, tant qu'elle le sortait de ce rêve affreux, le ramenant dans un monde normal, Carla, sa Carla bien-aimée, avec son « Cœur croisé » de Playtex, avec ses dents qui avancent, avec...

Des dents qui avancent, d'accord. Mais pas les dents de Carla. Carla avait de pauvres petites dents d'écureuil. Mais ces dents-là étaient...

Velues.

Des poils verts poussaient sur ces dents protubérantes. On aurait dit...

De l'herbe ?

— Oh! mon Dieu..., gémit Harold.

— Alors, mon gars, on est tombé dans les pommes ?

Le jardinier était penché au-dessus de lui et lui adressait un grand sourire velu. Ses lèvres et son menton étaient eux aussi couverts de poils. Il se dissimulait tout entier sous un pelage vert tendre. Au-dessus du jardin, l'air était empli d'une odeur d'herbe et d'essence ainsi que d'un trop soudain silence.

Harold se redressa précipitamment et, de sa position assise, contempla la tondeuse inerte. La pelouse avait été parfaitement tondue et, remarqua-t-il avec un sentiment de malaise, il ne serait pas utile de la ratisser. Il jeta un regard en coin vers l'homme et tiqua. Il était toujours aussi nu, aussi gras, aussi terrifiant. Une bave verte coulait des commissures de ses lèvres.

— Qu'est-ce que c'est que ça ? demanda-t-il d'une voix suppliante.

L'homme eut un geste vague en direction du gazon.

— Ça ? Eh ben, c'est un nouveau truc

que le patron met à l'essai. Et ça marche du tonnerre, mon gars, vraiment au poil. On fait d'une pierre deux coups. On ne s'éloigne pas de notre ligne de conduite et, en plus, on gagne de l'argent pour financer nos autres activités. Vous voyez ce que je veux dire ? Bien sûr, il nous arrive de tomber sur un client qui ne comprend pas bien — il y a toujours des gens qui n'ont aucun respect pour l'efficacité, pas vrai ? — mais si un sacrifice s'impose, le patron est toujours d'accord. C'est une façon comme une autre d'entretenir la machine, si vous me suivez ?

Harold ne trouva rien à lui répondre. De tout cela, il n'avait retenu qu'un mot : sacrifice. Il revoyait la taupe ressortant en charpie des lames de la tondeuse rouge.

Il se leva lentement, comme un vieillard perclus de rhumatismes.

— Bien sûr, fit-il. (Et la seule réplique qui lui vint à l'esprit fut un vers tiré d'un disque de folk appartenant à Alicia :) *Dieu bénisse l'herbe*.

Le jardinier se frappa la cuisse, qui était d'une belle couleur vermeille.

— Mais c'est bien, ça, mon gars. C'est même très bien. Je crois que vous avez tout de suite pigé le truc. Ça vous ennuie pas si je recopie ça en rentrant au bureau ? Peut-être que j'aurai une promotion.

— Mais certainement, répondit Harold en battant en retraite. (Il faisait des efforts désespérés pour conserver son sourire sur les lèvres.) Vous n'avez qu'à terminer votre travail. Moi, je crois que je vais aller faire un petit somme...

— C'est ça, mon gars, fit le jardinier en se remettant pesamment sur ses pieds.

Harold remarqua la profondeur inhabituelle de l'intervalle qui séparait son pouce du suivant de ses orteils, un peu comme si ses pieds étaient... bon, fourchus.

— Ça secoue un peu au début, le rassura l'homme, mais on s'y habitue vite. (Il jeta un coup d'œil finaud sur la silhouette empâtée de Harold.) À propos, vous aimeriez peut-être lui faire faire un petit tour vous-même, à cette tondeuse. Le patron est toujours en quête de nouveaux talents.

— Le patron ? répéta Harold, défaillant.

Le jardinier s'arrêta au bas des marches et posa sur Harold Parkette un regard indulgent.

— Eh ben, mon vieux, je croyais que tu avais deviné... Dieu bénisse l'herbe et tout ça.

Harold secoua vaguement la tête et le jardinier se mit à rire.

— Pan. C'est Pan, le patron.

Il exécuta quelques entrechats sur l'herbe fraîchement coupée tandis que dans un hurlement la tondeuse se remettait en marche, décrivant des cercles autour de la maison.

— Les voisins..., hasarda Harold.

Mais l'homme se contenta d'un geste d'insouciance et s'éclipsa.

Devant la maison, la tondeuse mugissait de plus belle.

Harold Parkette refusait d'aller voir, comme si, par cette attitude, il pouvait nier le spectacle grotesque dont se délectaient sans nul doute les Castonmeyer et les Smith en faisant des commentaires horrifiés avec, dans les yeux, une lueur qui signifiait : « Je vous l'avais bien dit ! »

Au lieu d'aller voir, Harold se dirigea vers le téléphone, s'empara du combiné, puis composa le numéro de Police-Secours qui était indiqué sur le cadran.

— Ici le sergent Hall, répondit une voix à l'autre bout du fil.

Se bouchant l'autre oreille de l'index, Harold dit :

— Ici Harold Parkette. J'habite au 1421 East Endicott Street. Et je voudrais vous signaler...

Quoi ? Qu'avait-il donc à signaler ? Un type aux pieds fourchus qui travaille pour le compte d'un nommé Pan est en train de violer et d'assassiner ma pelouse ?

— Je vous écoute, monsieur Parkette.

Il eut un éclair de génie.

— Je voudrais vous signaler un attentat à la pudeur.

— Un attentat à la pudeur, répéta le sergent Hall.

— C'est ça. Il s'agit d'un homme qui

tond mon gazon. Il est... euh... dans le plus simple appareil.

— Vous voulez dire nu ? demanda le policier en affectant une courtoise surprise.

— Tout nu ! s'exclama Harold qui s'accrochait désespérément à ce qui lui restait de raison. À poil. Les fesses à l'air. Sur ma propre pelouse. Bon Dieu ! Est-ce que vous allez enfin vous décider à m'envoyer quelqu'un ?

— Et vous habitez au 1421 West Endicott ? s'assura le sergent.

— East Endicott ! hurla Harold. Pour l'amour du ciel !

— Et vous affirmez qu'il est complètement nu ? Vous êtes en mesure d'apercevoir... euh, ses organes génitaux et tout ça ?

Harold ne parvint à émettre qu'un infâme gargouillis. Le vacarme de la tondeuse déchaînée paraissait s'amplifier, engloutissant progressivement le reste du monde. Harold sentit sa gorge se serrer.

— Pouvez-vous parler plus fort ? (La voix du sergent Hall semblait venir de très loin.) Il y a un bruit de friture épouvantable sur la ligne.

La porte d'entrée vola en éclats.

Harold regarda ce qui se passait et vit la tondeuse se ruer parmi les décombres. Derrière la machine apparut l'homme, toujours nu comme un ver. Sentant la démence fondre sur lui, Harold s'aperçut que les poils pubiens du jardinier étaient du plus beau vert. Il faisait tourner sa casquette de base-ball sur un doigt.

— T'aurais pas dû, mon gars, prononçat-il d'une voix pleine de reproches. T'aurais mieux fait d'en rester à ton « Dieu bénisse l'herbe ».

— Allô! Allô! monsieur Parkette...

Le combiné échappa aux doigts sans force de Harold tandis que la tondeuse fonçait sur lui, rasant la moquette toute neuve de Carla puis recrachant derrière elle des touffes de poils bruns.

Fasciné, Harold la suivit du regard jusqu'à la table de thé. Voyant que la machine renversait la table, réduisant l'un des pieds en éclats de bois et en sciure, il sauta par-dessus sa chaise qu'il traîna derrière lui pour s'en faire un bouclier pendant qu'il battait en retraite vers la cuisine.

— Te fatigue pas, mon gars, c'est inutile, lui affirma le jardinier d'un ton aimable. Pas la peine de faire un carnage. Maintenant, si tu veux avoir la gentillesse de me montrer où tu ranges tes couteaux de cuisine les mieux aiguisés, on va pouvoir te fignoler un petit sacrifice sans douleur... Le bassin devrait faire l'affaire...

Harold balança la chaise sur la tondeuse qui s'était sournoisement approchée de lui pendant que le faune accaparait son attention, puis s'engouffra sur le balcon. Le monstre rugissant contourna l'obstacle en crachant sa fumée, poursuivant Harold qui se jeta sur la porte vitrée et sauta au bas des marches. Il l'entendait, il la sentait..., elle était sur ses talons.

La tondeuse sembla prendre son élan au sommet du petit escalier, tel un skieur au moment du saut. Harold piqua un sprint sur son gazon fraîchement coupé mais il se sentit bientôt abasourdi par le poids des bières et des siestes. Elle était là, elle était sur lui... Il jeta un coup d'œil par-dessus son épaule et s'emmêla les pieds.

La dernière chose que vit Harold Parkette fut le sourire métallique de la tondeuse qui chargeait, se cabrait, révélant ses lames étincelantes et maculées de vert, puis, au-dessus d'elle, le visage bouffi du jardinier qui secouait la tête en signe de doux reproche.

— Foutue histoire, commenta le lieutenant Goodwin pendant qu'on prenait une dernière photographie.

Il adressa un signe du menton aux deux hommes en blanc qui se mirent à pousser leur chariot sur le gazon.

— Il a signalé un type à poil sur sa pelouse il y a deux heures à peine.

— Vraiment ? s'enquit l'agent Cooley.

— Ouais. Et on a reçu aussi un appel d'un voisin. Un certain Castonmeyer. Mais il croyait que c'était Parkette lui-même. Peut-être, après tout. Peut-être bien, Coo-

ley. La chaleur l'a rendu fou. Foutue schi-
zophrénie.

— Oui, chef, acquiesça respectueusement Cooley.

— Où est le corps? demanda l'un des
hommes en blanc.

— Le bassin, répondit Goodwin en
se perdant dans la contemplation du
ciel.

— Vous avez bien dit le bassin? fit
l'homme en blouse blanche.

— C'est ce que j'ai dit.

Cooley regarda en direction du bassin et
blêmit à vue d'œil.

— Sûrement un maniaque sexuel, certi-
fia Goodwin.

— Des empreintes digitales? articula
péniblement Cooley.

— Et pourquoi pas des traces de pas?
demanda Goodwin en désignant l'herbe
tondue.

L'agent Cooley émit un son étranglé.

Fourrant les mains dans ses poches,
Goodwin commença à se balancer sur les
talons.

— Le monde, fit-il gravement, est plein
de dingues. N'oublie jamais ça, Cooley.
Tous des schizos. D'après les gars du labo,
quelqu'un a poursuivi Parkette dans sa
salle de séjour avec une tondeuse à gazon.
T'imagines le tableau?

— Non, chef.

Goodwin laissa flotter son regard au-dessus de la pelouse pimpante de Harold Parkette.

— Bref, comme disait je ne sais plus qui à propos d'un Suédois aux cheveux bruns, ça doit être un Norvégien qui a les cheveux d'une autre couleur.

Goodwin fit le tour de la maison, Cooley sur les talons, laissant derrière eux l'odeur agréable de l'herbe fraîchement coupée.

(Extrait du recueil
Danse macabre)

STEPHEN KING

Grand maître de la littérature fantastique et d'épouvante, Stephen King a indiscutablement redonné une nouvelle jeunesse à ce genre difficile. Il nous fait découvrir de nouveaux territoires, aux confins de l'étrange, de l'insolite et parfois même de la science-fiction.

Son premier roman, *Carrie*, publié en 1974 avant d'être porté à l'écran, devait lancer une carrière qui en fait aujourd'hui l'un des écrivains les plus populaires des États-Unis.

Stephen King est né en 1947 dans le Maine, où il réside toujours, avec son épouse et ses trois enfants. Après avoir enseigné la littérature, il se consacre désormais entièrement à l'écriture — quatre heures par jour et sept jours sur sept, assure-t-il —, ayant même fait paraître un temps des romans sous le pseudonyme de Richard Bachman, tant son œuvre était prolifique.

Il a publié une trentaine de romans et nombre de nouvelles, dont plusieurs ont été portés à l'écran : *The Dead Zone, The Shining, Christine, Cujo...*

Un tel succès a-t-il son revers ? « J'aimerais recevoir le prix Pulitzer, le prix Nobel, que l'on dise de moi que je suis un des plus grands écrivains du xxᵉ siècle », déclarait-il en 1991 à *Publishers Wee-kly*; « mais cela n'arrivera pas, d'abord parce que je ne suis pas le plus grand écrivain du siècle, mais aussi parce que dès lors que vous commencez à vendre beaucoup de livres, les spécialistes de littérature deviennent persuadés que quelqu'un qui a un tel succès populaire n'a forcément rien à dire, le postulat non écrit étant que l'intelligence ne peut être que peu partagée. »

Pourtant, contrairement aux idées reçues, n'écrit pas des histoires horribles qui veut. Il faut pour ces récits d'épouvante, comme pour le polar ou la science-fiction, une rigueur particulière dans l'écriture, que le roman « intimiste » n'exige pas.

Le Beau Travail

par
FÉLICIEN MARCEAU

EH BIEN! dit Fiorella, je vais me marier.

Dans cette voix qui pourtant était fraîche, dans ce regard qui pourtant venait de deux beaux grands yeux, un observateur attentif, doublé d'un auditeur perspicace, aurait pu déceler une nuance, une ombre, un doigt de défi.

De défi? Et pourquoi donc?

Voici la chose.

Cette année-là, dont le millésime ne change rien à l'affaire, à Rome, ou plus exactement à la périphérie, dans une zone encore peu bâtie, se trouvait, au milieu d'un court jardin, une maison qui avait assez l'air d'avoir été bâtie de bric et de broc. Dans cette maison, cohabitaient d'abord M. Bartolomeo Buttafava, robuste sexagénaire, maçon de son état et que la nature avait doté d'un profil bourbonien légèrement dégradé; ensuite, Mme Butta-fava, épouse du précédent; ensuite, un fils, nommé Raffaele, un beau brun; ensuite une fille, Livia, brune obèse, volontiers véhémente dans son parler et mariée à un certain Giovanni, homme trapu qui se flattait d'une ressemblance, à vrai dire assez troublante, avec Spencer Tracy ; ensuite, une autre fille, Anna, brune également mais du type osseux, toute en dents et taciturne, laquelle était flanquée d'un mari albinos qui avait un cheveu sur la langue ; ensuite, Pasqualino, fils des précédents, nourrisson, et enfin Fiorella, titulaire de la réplique énoncée plus haut, fille, sœur, belle-sœur et tante des précédents, présentement âgée de vingt ans, belle comme le jour (mais un jour d'orage), saine comme la pêche et affligée d'un caractère de cochon.

Comme je l'ai précisé, Bartolomeo Buttafava était maçon. J'entends par là que, lorsqu'on lui demandait quel était son métier, il répondait : maçon. Cela ne voulait pas dire qu'il maçonnât. À cet égard, Bartolomeo Buttafava était poursuivi par une singulière malchance. De temps en temps, il trouvait bien du travail (sans beaucoup chercher d'ailleurs, mais à Rome on construit abondamment). Chose curieuse, il ne réussissait jamais à le garder. Trois jours, c'était son maximum, et encore ce record remontait-il aux années fiévreuses qui avaient suivi le boom économique. Dans le travail, qui n'a pas ses manies ? L'excellent Bartolomeo en avait une : à peine sur le chantier, il s'asseyait où il pouvait et rassemblait autour de lui ses collègues pour raconter des anecdotes. Ce travers — si c'en est un — est bénin. Il y a des entrepreneurs cependant, des contre-maîtres, que cela agace, qui trouvent que les chantiers ne sont pas faits pour ça et que les anecdotes ralentissent le labeur. D'où des remarques, des observations. Sans être plus susceptible qu'un autre, Bartolomeo n'aimait pas les observations. Tout de suite, il se crêtait, parlait de se plaindre au syndicat, le faisait parfois, se voyait rembarrer et rentrait chez lui. Il y retrouvait son fils, ses deux gendres, et avec eux, il se consolait en jouant aux cartes.

Car, voici le plus curieux, cette mal-chance n'accablait pas que le seul Bartolo-meo. Son fils, Raffaele, qui était plombier, ne plombait pas plus que son père ne maçonnait. Ou plutôt, après avoir acquis les rudiments de cette discipline et l'avoir exercée pendant quelques mois, un jour, en plein après-midi, il était rentré, il avait rangé sa boîte à outils dans un placard et, sur le ton d'un explorateur revenu d'une décevante contrée, il avait proféré : « La plomberie, merci bien ! », avec une expres-sion si butée que, dans la famille, personne n'avait osé lui demander quelle péripétie, quelle avanie, quelle déception, quel détour dans son âme ou quel retour sur lui-même avaient pu l'amener à une réso-

lution si radicale. Quant aux deux gendres,
l'un, le trapu, qui avait trouvé un emploi
comme démarcheur dans une compagnie
d'assurances, était bientôt arrivé à cette
conclusion que le porte-à-porte lui donnait
d'insupportables migraines. On a vu des
phénomènes médicaux plus singuliers.
L'autre, l'albinos, aurait voulu être gardien
d'immeuble, ambition louable qui, outre
les qualités dont il était pourvu, ne demandait qu'une condition : un immeuble à garder. Jusque-là, l'immeuble ne s'était pas
trouvé.

Bref, pour toutes ces raisons, chez les
Buttafava, aucun homme ne travaillait.
Dans cette intéressante famille, les ressources étaient assurées par le travail des
femmes. Au fond, pourquoi pas ? Comme
le disait si justement l'excellent Bartolomeo : « Nous sommes neuf, dont un nourrisson. Il y en a quatre qui travaillent. La
moyenne y est. » Les épouses des deux
gendres étaient l'une vendeuse, l'autre
emballeuse dans un grand magasin. Le
même, d'ailleurs. Fiorella, qui avait des
ambitions plus hautes, exerçait les fonctions de dactylo dans une affaire de publicité. Quant à la maman, Rachele, elle était
cuisinière mais pardon ! cuisinière de
grande maison, ne faisant que des extra,
dictant ses conditions et rentrant chez elle
tous les jours. De la cuisinière de grande
maison, elle avait tous les traits, us et

caractères : un teint cuit, une ombre de moustache, un appétit d'oiseau et une âme d'impératrice. Cette âme d'impératrice expliquait un peu les choses. Mme Rachele, bien entendu, aurait préféré un mari qui travaillât, mais, travailleur, elle aurait été forcée de le respecter. Celui-ci, qui ne faisait rien, elle le dominait et, finalement, s'en accommodant, elle avait renoncé à le tarabuster. De temps en temps, agacée, elle le mettait bien à la porte mais, trois heures plus tard, le retrouvait avec plaisir. L'excellent Bartolomeo n'en prenait pas ombrage. « C'est le travail, expliquait-il à ses gendres en reprenant sa partie de cartes. Rachele travaille trop. Ça aigrit le caractère. » Ne travaillant pas, il avait, lui, une humeur égale. Toujours prêt à rendre service ou à raconter une anecdote, il était adoré dans le quartier — bien plus que sa femme qui passait pour altière.

Et c'était sans doute cette âme d'impératrice aussi qui expliquait le caractère tribal de la famille Buttafava. Mme Rachele estimait que, si elle avait pris la peine de mettre au monde des enfants, ce n'était pas pour devoir s'en séparer sous prétexte de mariages. D'où les deux appentis, à gauche et à droite de la maison, dus aux labeurs de Bartolomeo et de Raffaele (une fois n'est pas coutume) et qui abritaient les chambres à coucher des deux jeunes ménages. Cette vie en tribu présentait des agréments. Dans l'ensemble, malgré quelques pointes d'humeur de temps en temps, les Buttafava étaient heureux comme ça. Les femmes, parfois, il est vrai, revenaient de leur travail un peu nerveuses ou fatiguées. Bien reposés par leur sieste, le teint frais, les hommes leur opposaient des visages sereins et des plaisanteries qui bientôt ramenaient la bonne humeur. Entre deux parties de cartes, ils avaient fait les courses, préparé les repas, rangé la maison. Ce occupations ménagères ne les ayant pas exténués, ils n'étaient pas comme tant de maris qui, le soir, rechignent si on leur parle d'aller au cinéma. Non, pour le cinéma, ils étaient toujours prêts et les premiers à le proposer. Enfin, outrageusement gâté par son grand-père et par ses trois oncles, le nourrisson prospérait. On vous le dit, les unes travaillant, les autres se la coulant douce, les Buttafava étaient heureux.

Sauf Fiorella. Voilà bien les éternels paradoxes de l'existence ! N'étant mariée à aucun de ces quatre joueurs de cartes, Fiorella aurait dû être la dernière à s'agiter. Eh bien, non ! Ces hommes qui ne travaillaient pas, ça l'agaçait, ça lui tirait les nerfs, ça l'exaspérait. Le soir, à la table familiale, elle haussait au-dessus de son assiette un visage tragique.

— Vous n'avez pas honte !

— Mais oui ! disait Livia, qui, de toutes,

était la plus accommodante. Regarde-les. Ils ont bien honte, va !

— Ça, pour avoir honte ! commentaient les deux beaux-frères en se tordant.

— Des hommes qui ne font rien, moi, ça me dégoûte.

— Tiens ! rétorquait l'albinos. Moi, une femme qui travaille, ça ne me dégoûte pas du tout.

Des houles de gaieté passaient sur les spaghettis. Fiorella devenait enragée.

— Quand je raconte ça au bureau !

— Tu ferais mieux de travailler, à ton bureau. Au lieu de jacasser.

— À votre place...

— Tu n'es pas à leur place, interrompait Rachele avec son autorité de grande cuisinière. Mange et tais-toi.

Fiorella ne désarmait pas encore.

— En tout cas, il y a une chose que je sais...

— Ça en fait toujours une.

— Moi, je n'épouserai jamais qu'un homme qui travaille.

— C'est beau, ça ! soulignaient les beaux-frères avec une lourde ironie.

Puis, sans rancune :

— Tu viens avec nous au cinéma ?

Fiorella fronçait encore le nez mais, comme elle aimait le cinéma, elle finissait par y aller. Quitte à soupirer lorsque, sur l'écran, apparaissait un mâle véritable, un mari, un homme enfin qui travaillait.

On imagine alors sa gloire, son bonheur, sa fierté lorsqu'un soir en rentrant elle put énoncer la réplique :

— Eh bien ! je vais me marier.

La nouvelle, comme on pense, suscita de l'intérêt. Le nourrisson émit même un soupir, mais ce ne fut là sans doute qu'une coïncidence.

— Tu vas te marier ?

— Oui.

— Et avec qui ? demanda Mme Buttafava, qui aimait assez aller d'emblée au nœud de la question.

— Avec un homme...

— Tiens, tiens ! interrompit facétieusement le beau-frère albinos.

Fiorella le foudroya du regard.

— Avec un homme qui travaille, reprit-elle. Il est dans la publicité. Un garçon sérieux. Il se fait ses douze cent mille lires par mois.

Le chiffre était légèrement exagéré. Faute de le savoir, l'albinos en eut le souffle coupé. Et Bartolomeo battit des paupières.

— Parfois même plus, dit encore Fiorella. Et il s'appelle Gian Paolo.

Mme Buttafava pencha le visage tout en mâchonnant comme si ce prénom avait eu un goût particulier. Puis, en femme habituée aux grandes décisions :

— Eh bien ! Tu n'as qu'à nous l'amener.

Le dimanche suivant, comparaissant

devant la famille, ledit Gian Paolo fit une excellente impression. C'était un grand garçon, du genre roseau penchant, osseux et dont le débit, au fur et à mesure qu'il parlait, avait tendance à se précipiter. Vers les cinq heures, Mme Buttafava émergea d'un silence majestueux.

— Oui, dit-elle.

Elle avait l'air de quelqu'un qui remonte à la surface de soi-même. Elle se leva. Toute la famille la suivait du regard et Fiorella posa sa main sur celle de Gian Paolo qui, étonné, s'arrêta au milieu d'une phrase. Mme Buttafava, sur le buffet, prit un bout de bois. Les visages s'éclairèrent. Mme Buttafava ouvrit la porte, descendit dans le jardin. Toute la famille suivit. Mme Buttafava se pencha. Dans le silence, on entendit craquer ses genoux. Sur le sol, avec son bout de bois, elle commença à tracer des lignes. Dans la famille, il y eut un brouhaha : Mme Buttafava consentait au mariage. Ce qu'elle dessinait sur le sol, c'était le plan de la chambre qu'il allait falloir construire pour le nouveau ménage.

Dès le lendemain, gais et contents, sifflant comme des merles et se donnant des claques dans le dos, les quatre hommes se mirent à la tâche. Bartolomeo maçonnait. Raffaele mesurait des tuyauteries. Le gendre Spencer Tracy brouettait des briques tandis que le gendre albinos donnait des conseils, six clous dans la bouche, ce qui n'améliorait pas son articulation déjà défectueuse sans clous. Le tout à la papa, sans se presser, le père s'arrêtant de temps à autre pour raconter une anecdote et Raffaele allant toutes les deux heures se beurrer un sandwich. Le dimanche, Gian Paolo venait donner un coup de main.

Deux mois plus tard, la chambre était prête et joliment tendue d'un papier peint lilas à rayures ton sur ton. Le mariage eut lieu et, malgré son sang-froid, Mme Butta-fava dut essuyer une larme. Toutes les mères la comprendront.

Les premiers jours du jeune ménage furent parfaitement heureux. Un vrai ciel d'Italie, dirais-je, si, en la circonstance et l'affaire se passant à Rome, cette locution trouvait ici son emploi. Fiorella et son époux avaient pris une semaine de congé. Ils se levaient tard, traînaient dans la chambre. L'après-midi, ils allaient dans les magasins. Avec leurs deux émoluments, ils étaient, de la famille, les plus riches. Fio-rella s'acheta une nouvelle robe et un tail-leur, Gian Paolo s'offrit des cravates. Ou ils allaient au cinéma mais pas dans le cinéma du quartier qui était bon enfant et minable, non, ils allaient dans les grandes salles du centre. Bien plus, Gian Paolo leur fit un jour la surprise d'apporter un poste de télévision, engin dont jusqu'ici, par économie, la famille s'était passé. Sauf que la surprise ici fut aussi en sens inverse :

Mme Buttafava, de sa fréquentation dans les grandes maisons, avait retiré la conviction que la télévision ne convenait pas aux gens comme il faut. Gian Paolo qui, heureusement, n'avait pris l'appareil qu'en location dut aller le reporter.

Puis vint le jour où il leur fallut retourner, Fiorella à son bureau, Gian Paolo à ses clients. Le matin, comme il est décent pour la femme d'un homme qui travaille, Fiorella se leva la première pour préparer le café. Dans la cuisine, elle trouva son père et Spencer Tracy qui s'occupaient du petit déjeuner de leurs épouses respectives tandis que l'albinos faisait chauffer un biberon, mission dont, tous les trois, ils s'acquittaient volontiers, vu qu'ils avaient toute la journée pour se reposer. Fiorella en conçut quelque dépit.

— Vous auriez pu vous occuper de moi aussi. Comme avant.

Bartolomeo agita sans se presser un index qui, si on peut dire, déclinait toute responsabilité.

— Tu as un mari maintenant.

En regagnant sa chambre où Gian Paolo somnolait encore, Fiorella ne put se retenir de lancer une allusion. En vrai travailleur, Gian Paolo était imperméable aux allusions. Il ne releva même pas le propos. Le soir, ce fut pareil. Alors que ses sœurs, comme d'habitude, en rentrant, avaient trouvé leurs chambres rangées, le couvert mis et le dîner mitonnant, Fiorella, à sept heures, dut encore refaire le lit, passer l'aspirateur, courir chez le boucher et manier les casseroles. Lorsque la famille les héla pour aller au cinéma, Fiorella, exaspérée, en était encore aux premières cuissons.

— Tu pourrais au moins m'aider, dit-elle à son mari qui lisait le journal.

— J'ai travaillé toute la journée, rétorqua Gian Paolo offensé.

— Nous n'arriverons plus au cinéma.

— Oh! Le cinéma! Après tout ce que j'ai trotté aujourd'hui, je ne pense plus qu'à aller me coucher.

Et il était de mauvaise humeur par-dessus le marché!

— Je ne suis pas comme tes beaux-frères, moi. Je boulonne. Le soir, je suis fatigué.

L'axiome de Bartolomeo se vérifiait : le labeur, ça aigrit le caractère. Le lendemain, Gian Paolo rentra furieux. Un de ses clients lui avait manqué de parole. Fiorella, de son côté, à cause d'un incident de bureau, était grincheuse. Étant tous les deux nerveux, ils eurent une querelle et l'albinos dut intervenir pour les réconcilier. Trois jours plus tard, autre fâcherie, Gian Paolo s'étant plaint de son escalope et Fiorella lui ayant rétorqué avec aigreur que lorsqu'on ne peut faire ses courses qu'à sept heures du soir, on ne trouve plus

que le rebut. Enfin, en une semaine, ce fut
tout juste si Gian Paolo consentit à aller
une fois au cinéma. Cette moyenne, pour
Fiorella, était tout à fait insuffisante. Elle
commença à se formuler des réflexions. À
quoi lui servait-il d'avoir assez d'argent
pour aller dans les plus beaux cinémas si
elle ne pouvait même plus aller dans les
minables? À quoi cela rimait-il d'avoir une
situation plus brillante que ses sœurs s'il
lui fallait s'éreinter plus qu'elles et si son
mari devait être d'une humeur plus
revêche que ses joyeux beaux-frères? Fiorella prenait conscience de cette vérité
lumineuse et forte, à savoir que, si le temps
sans argent est une misère, l'argent sans le
temps en est une aussi, à peine moins
grave. Au bout d'un mois, Fiorella en avait
pris son parti. Un matin, le cœur battant,
elle pénétra dans le bureau de son chef de
service. Elle ouvrit la bouche, la referma et
finit par énoncer qu'elle était mariée maintenant, que le ménage était l'honneur de la
femme, qu'elle entendait s'y consacrer et
que, par conséquent, elle donnait sa
démission. Le chef de service en prit note
et, n'ayant qu'à se louer de ses services, il
lui offrit un cendrier publicitaire.

Bon. En dépit de quelques plaisanteries,
du reste bénignes, de la famille, cette solution, apparemment, combinait le neuf et le
raisonnable. Ayant pu faire quelques
siestes, Fiorella déjà était de meilleure

humeur. Le soir, en rentrant, Gian Paolo trouvait une chambre accueillante, un repas amoureusement cuisiné et une épouse fraîche comme la rose. Oui, dans le jeune ménage, tout allait bien.

Il n'en était pas de même pour le reste de la maisonnée. Peut-être ne connaît-on pas assez cette curieuse particularité des hommes : incapables de se passer des femmes, ils trouvent cependant une sorte de félicité à être sans elles, félicité tout ensemble gaillarde et un peu veule que la moindre présence féminine alors compromet. Jusque-là, une fois leurs femmes parties, les hommes de la famille Buttafava en avaient pris à leur aise. Dans cette maison livrée à eux, ils traînaillaient, se vautraient sur les lits en roulant des cigarettes, restaient en pyjama jusqu'à midi. Fiorella prétendit que sa dignité de femme en était offensée. Ils se résignèrent à s'habiller dès le matin mais leur humeur s'en ressentit. Estimant non sans raison que les travaux ménagers vont plus vite lorsqu'on est pressé, ils ne s'occupaient en général des lits et des casseroles que vers cinq heures du soir et, en attendant, ils jouaient aux cartes. Fiorella, bonne ménagère, en était révoltée.

— Comment pouvez-vous jouer aux cartes dans ce désordre ? Rangez d'abord. Vous jouerez ensuite.

Cette observation, certes, était sensée.

Elle déplut cependant. Spencer Tracy fit une allusion désobligeante. Fiorella y répondit. L'atmosphère tournait à l'aigre et, plusieurs fois, en rentrant, les épouses eurent la surprise de trouver des maris nerveux, irritables ou même franchement irrités. Ajoutez que Gian Paolo, la première euphorie passée, n'était pas si content non plus.

— C'est quand même incroyable, disait-il. Je suis le seul homme ici à travailler. Tes beaux-frères ont la vie facile.

On eût dit qu'il commençait à les envier.

Dans la quinzaine qui suivit, la situation empira. Fiorella ne désarmant pas sur la chronologie à établir entre les rangements et les cartes, les hommes prirent le pli d'aller faire leur partie dans un café qui n'était pas trop loin. Dans un café, on est tenu de boire. Sinon de quoi a-t-on l'air? L'équilibre budgétaire de la famille s'en trouva compromis. Si encore ce n'avait été que l'équilibre budgétaire... Dans ce café, Bartolomeo avait trouvé des habitués qui, en politique, ne partageaient pas ses vues. D'où des discussions dont il revenait la bouche amère et le visage ravagé de tics. Un autre jour, ce fut l'albinos qui eut à subir une plaisanterie sur son défaut de prononciation. Au facétieux, qui était chauve, il rétorqua avec esprit qu'il valait mieux avoir un cheveu sur la langue que de ne pas en avoir du tout sur la tête. Le chauve se fâcha. L'albinos recueillit dans cette affaire un œil sanguinolent qui, pendant quelques jours, donna des inquiétudes. Aux reproches de sa femme, il répondit par une bordée d'injures — les premières de sa vie.

C'est le soir de ces injures que Mme Buttafava enfin perdit patience. D'un geste agacé, elle imposa silence à l'albinos. Puis elle se leva et pénétra dans la chambre de Fiorella. Derrière son dos, à l'adresse de son fils, de ses filles, de ses gendres, l'excellent Bartolomeo cligna de l'œil. Dans le silence, derrière la porte, on entendit la voix furieuse de Gian Paolo.

— Mon travail! disait-il. Nous partirons! disait-il.

Dans la cuisine, Bartolomeo hocha sa grosse tête d'une manière rassurante. Mais non, Gian Paolo ne partirait pas. Mme Buttafava était là. Mme Buttafava saurait dominer cette tempête.

Vous pouvez passer maintenant devant la maison des Buttafava. Tout y est rentré dans l'ordre. Comme le printemps est arrivé, c'est devant le pas de la porte que les hommes font leur partie de cartes. Fiorella a repris son travail. Le matin, son mari se lève avant elle et lui prépare son petit déjeuner. Puis, comme son fond est bon et son naturel courtois, il la conduit jusqu'à l'autobus. L'autobus arrive. Fiorella y monte. Gian Paolo agite la main.

Puis il rentre. On l'attend pour la partie. Parfois aussi il bricole. C'est plus fort que lui, il ne s'est pas encore fait à l'oisiveté totale. Vers cinq heures, c'est lui aussi qui donne le signal des travaux ménagers. D'ici peu, d'ailleurs, il va avoir en plus des biberons à faire tiédir. Comme il dit, ça lui fait du pain sur la planche.

(Extrait du recueil
Les Ingénus)

FÉLICIEN MARCEAU

Louis Carette, dit Félicien Marceau, est né en Belgique en 1913. Après des études de philosophie et lettres à l'université de Louvain, il entre à la Radiodiffusion belge, dont il démissionne en 1942 (il s'expliquera sur cette période troublée dans ses *Mémoires, Les Années courtes*, publiés en 1968). Il vient alors en France, et obtient la nationalité française en 1959.

Sa carrière d'écrivain lui vaut bientôt la consécration de plusieurs prix : le prix des Quatre Jurys (1953) pour *Bergère légère*, le prix Interallié (1955) pour *Les Élans du cœur*, le prix Goncourt (1969) pour *Creezy*, et plus récemment, en 1993, le prix Giono pour l'ensemble de son œuvre.

Félicien Marceau se révèle aussi comme essayiste (*Balzac et son monde, Le Roman en liberté*, mais aussi *Casanova ou l'anti-Don Juan* et *Une insolente liberté*, deux essais consacrés à un personnage qui le fascine), mais surtout comme une valeur sûre du théâtre, collectionnant les succès avec *L'Œuf, La Bonne Soupe...* Il reçoit en 1975, pour l'ensemble de son œuvre théâtrale, le grand prix de la Société des auteurs.

C'est donc tout naturellement à un autre grand du

théâtre de divertissement, André Roussin, qu'il appartenait de recevoir à l'Académie française Félicien Marceau, après son élection de 1975. « Votre œuvre », devait alors observer André Roussin, « est une entreprise de dévoilement, de démystification des tromperies officielles de la morale et des tabous d'une société. C'est ce qui lui donne cet apparent cynisme, qui est une façon pour les colériques de maîtriser gracieusement leurs élans de fureur (...) Que ce soit par la ruse, voire le mensonge (dans *L'Œuf*) ou par la violence (dans *Le Corps de mon ennemi*) c'est presque toujours avec agressivité que vos personnages sont engagés dans un combat contre la société ou du moins contre ce qui les opprime. »

À ce portrait d'une œuvre, laissons Félicien Marceau ajouter lui-même, comme il le faisait en 1989 sur France-Culture, qu'il « n'y a pas de grande œuvre sans comique (...) Le comique, c'est le chemin le plus rapide entre la vérité et nous : un homme qui rit est un homme désarmé et prêt à recevoir la vérité ».

Table des matières

Aubin Imprimeur
LIGUGÉ, POITIERS

Achevé d'imprimer en juin 1994
pour le compte de France Loisirs
123, bd de Grenelle, 75015 Paris
N° d'édition 24060 / N° d'impression L 45771
Dépôt légal juin 1994
Imprimé en France